六十路《むそじ》通《つう》過《か》道《どう》中《ちゅう》

群ようこ

集英社

六十路通過道中

目次

六十路通過道中

外ネコ探しと
テラスの足跡

二〇二一年に引っ越した今の住まいは、環境ともどもとても気に入っているのだが、いちばんの不満は、引っ越し以来、外を歩いているネコを一匹も見ていないことだった。静かな住宅街だし、近くには小さな公園や緑道もあるので、ネコの一匹くらいいてもいいはずなのだ。目の届かない公園の奥の藪《やぶ》にいたのかもしれないし、ネコが通り過ぎた後に私がその場所を歩いたのかもしれないけれど、これまで近所を歩いた限りでは、尻尾すら見られなかった。

飼いネコのしいを見送って以来、ネコに触れる機会が皆無になった私は、もちろんネコカフェというものがあるのは知っている。住んでいる場所の最寄り駅前にもあるのもわかっている。たまにその前を通ると、かわいいネコの写真がたくさん貼《は》ってある看板を、じーっと見つめたりはする。外ネコを保護して病気や事故から守るという現在の考え方に反しているかもしれないが、私は町中で自由に歩いているネコを見たいのである。

ずーっとこのことだけがひっかかっていたのだが、二〇二二年の三月、朝起きていつものように庭に面したシャッターを開けると、テラスにネコの足跡がくっきりと残っているではないか。足跡をたどると、隣家の庭のほうからやってきて、匂いを嗅いだのか、テラスに置きっぱなしの庭履きサンダルの近くに寄り、テラスの角の寄りかかれるところに、ぐるぐると回ったような足跡がいくつも残っている。どうやらそこにしばらく座っていたか寝ていたかしていたようだ。そして道路の方向へ足跡が続いていた。前日の夜から明け方にかけて雨が降り、土が濡《ぬ》れていたので足跡がくっきりと残っていたのだ。

「ネ、ネコさんがいたあ！」

この地域に外ネコは棲息《せいそく》していないのではないかと心配していたが、ちゃんといたのである。

私は驚喜して、すぐにネコ好きの友だちにＬＩＮＥを送り、足跡があったと知らせた。すると彼女も、大喜びするおじさんのＬＩＮＥスタンプと共に、「姿が見られるといいね」と返してくれた。毎朝、供えている花の水を替えるときにも、しいに、

「ネコさんが来てくれたよ」

と報告した。きっとしいは私がそういっても、

「あたしには関係ないもん。あんた何を浮かれてるの」

と何の感動もなく、冷ややかにあちらの世界から見ていそうだった。

テラスに降りてまじまじと足跡を分析すると、大きめでしっかりとしていたので、オスのようだった。ただ通過しただけではなく、テラスにしばらくいてくれたのが、とて

もうれしかった。ただし、ここの部屋の契約で動物を飼うのは禁止なので、過剰に接触するわけにはいかない。飼いネコがただお散歩していただけかもしれないので、もちろん御飯などはあげられないし、声かけをするのもやめよう。私は逸《はや》る心を抑えつつ、ネコがやってきたという事実のうれしさをかみしめていた。それと同時に、浮かれすぎて正しい判断ができていないかもしれない、他の動物の足跡の可能性もあると、住んでいる区内で出没しているという、タヌキ、ハクビシン、アライグマの足跡を確認したが、どれとも一致せずに、やはりネコに間違いなかった。

それから毎朝、シャッターを上げるときに、どきどきしながらテラスを隅から隅まで眺めていたが、新たな足跡はついていなかった。そのうちお隣の大家さん宅の庭の工事がはじまった。作業をする人が出入りするし音もするので、日中はもちろん、夜も警戒して来ないのかもしれないと考えた。

私はこの部屋に新築で入居したが、その前はほぼワンブロックの広い敷地に大家さんの邸宅が建っていた。これは私の想像だが、そのネコは以前から、こっそり庭に出入りしていたのかもしれない。しかし大規模な家の建て替え工事がはじまったので、様子を見ていたが、やっとまた行っても大丈夫そうになったので、新しく建ったこの建物のところに来た可能性もある。

飼いネコか外ネコかはわからないが、私はいったいどこからこの子が来たのかが気になり、散歩のついでに、ネコを出入りさせていそうなお宅がないかと、辺りをきょろきょろと見まわす癖がついてしまった。そんな低い位置になぜ、といいたくなるような場所に、小さな出入り口が作られているお宅があり、ここのネコなのかなあと思ったり、うちの裏手にある、生け垣の古い木造のお宅を見ては、ここから遊びに来たのかななどと思ったりした。そんなことをしていないで、とっとと部屋に戻って、原稿の一行でも書けと自分にいいたくなったのだが、とにかくあれだけ待ちわびていたネコの棲息の形跡があったことで、私のテンションは爆上がりしていた。強い雨が降ると、そのせっかくの足跡が、あっという間に消えてしまうのが悲しかった。

ひと月ほどして、大家さん宅の庭の工事は終了した。また来てくれるかなと、毎日、期待していたが、足跡はついていなかった。前日に雨が降っても翌日も止まないと、足跡が残らないし、晴れの日続きでも、来たかそうでないのか、わからないのが困る。

朝起きてシャッターを開けて確認、昼間に確認、夜、シャッターを下ろす前に確認と、日に三度はネコの足跡、存在を確認するのを忘れなかった。ネコは習慣の動物なので、ルートを決めるとだいたいそこをパトロールして歩く。その一カ所としてうちが選ばれて、きゃーっ、という感じなのであるが、いつそのネコの姿を見られるのかと待ち遠しくてならなかった。

いつになったらまた来てくれるのだろうと待ちくたびれそうになった矢先、五月の連休明けからしばらく経って、また足跡が残っていた。前と同じ感じでついていたので、雨上がりのときに、うちで休んでくれたらしい。

「やったあ、来たあ」

朝、シャッターを開けて、足跡を見たときの喜びは何ともいえなかった。またすぐに友だちにＬＩＮＥをしたら、彼女も、

「次は姿を見たいね」

と喜んでくれた。それから何度も何度もテラスの上に残っている足跡を見ては、にんまりと笑っていた。この足跡を眺めるのが幸せだった。なるべく雨が降らないようにと願っていたが、もちろん雨は降るので足跡は消えてしまった。

そして姿を見ないまま夏がやってきた。あんな毛皮を着ているヒトは、こんな猛暑では深夜に歩くのも辛かろう。うちには立ち寄ってくれなくてもいいから、まだ見ぬそのネコがただ無事でいてくれればいい。猛暑が続くと、飼われているお宅からは出る気にはならないだろうとか、外ネコだったらちゃんと涼しいところで過ごしているのだろう

かとか、心配になった。ゲリラ豪雨になると胸が痛み、どこかの雨が降り込まないガレージの隅にでも、避難していますようにと願ったりした。

そして私が引っ越してきてからほぼ一年という日の午前中、洗面所を掃除していたら、外から、

「あうー、あうー」

というネコらしき鳴き声がした。しかし私は以前から、空き地の隅にレジ袋が転がっているのを見て、白ネコがいると勘違いしたり、赤ん坊の泣き声や何かがきしんだ音をネコの鳴き声と間違えたりしては恥をかいていた。いちばんひどかったのは、二十年ほど前、近所の路地を歩いていたときのこと。民家の門の奥から、かわいい鈴の音が聞こえてきた。私は、

「あっ、ネコが出てきた」

とうれしくなって、門の横にしゃがんで、

「おいで、かわいいお顔を見せて」

と声をかけながら待っていたら、やってきたのは、その家に配達に来た、鮨《すし》屋のいかついおじさんだった。私が聞いたのは彼の持っている財布についていた鈴の音だったのである。不審な顔をしている彼からゆっくり目をそらし、私はしゃがんだままカニ歩き

をして、地べたに落とした何かを捜すふりをして、そーっとその場を去ったのだった。

こんな私なので、あまりにネコの登場を渇望するあまり、空耳アワーになっている可能性もあるため、

（本当？　ネコ？　ネコなのかな）

と首を傾《かし》げながら、そしてなるべく足音をたてないように、すり足の早足で庭のほうに向かった。そしてそーっとカーテンの陰から見てみると、何と、マンサクの木の根元で、白とキジ柄のネコさんが、のんびりと和んでいるではないか。

（い、い、いたああ、いたああ）

興奮状態になりながら、これは友だちに報告しなければと、スマホを放置してある場所まで、再びすり足の早足で往復し、ガラス越しに撮影したが、うまく撮影できなかった。もうちょっと顔がよく見られるようにと隣の部屋に行き、そこの窓から何とか姿を撮影できた。声をかけて逃げられると困るし、かといって過剰に接触はできないしと、じーっと窓から見つめていたら、気配に気がついたのか、その子が私のほうを見上げた。逃げるかなと思ったら、彼はまばたきをして、

「おう、お前がここに住んでるのか」

というような態度で私をじっと見た後、何事もなかったかのように横を向いて、のんびりと手足を投げ出した。そしてまた、

「あうー」

と鳴いた。斜め上に向かって鳴いたので、明らかに私に向かって鳴いたものではなく、さきほどの声も室内にいる私を呼んだものではないとわかった。

もう一度、隣の部屋に移動し、ガラス戸にはりついて観察してみると、耳の後ろの毛が少し抜けていて、皮膚病に罹《かか》っているようだった。ほどよく汚れている体全体の感じから、飼いネコではない。TNR（飼い主のいない猫を捕獲し「トラップ」、不妊手術をし「ニューター」元の場所に戻す「リターン」取り組み）もされておらず、保護活動をしている方たちから逃れているようだった。しかしはじめての人間を見ても、動じないところといい、余裕で和んでいる姿といい、このあたりでお世話になっているのは間違いなさそうだ。御飯やおやつは遠慮なく何でもいただくけれど、体には触らせないといった性格のようにみえる。このあたりはマンションよりも戸建てのほうが多い地域なので、飼いネコではないけれど外ネコでもない、通いネコ方式でこれまで生きてきたのかもしれない。年齢は八歳から十歳といったところだろうか。

耳の後ろの肌荒れと毛が抜けているところを治してやりたいけれど、何もできないの

が歯痒《はがゆ》い。まあそれが、外ネコでは仕方がないことといえばそうなのだが。あの態度は明らかにボスネコなので、ボスと名付けた。だが他に外を歩くネコを見ていないこともあり、彼がボスの座に鎮座するほど、周辺に手下のネコがいるのだろうかと心配になった。私の知らないところで、手下たちが集まっているのかもしれないし、ボスにとっては住宅街の人間たちが手下なのかもしれない。

どちらにせよ、ネコがちゃんと棲息しているのがわかって、本当によかった。すぐに伸びる雑草を取りつつ、失礼がない程度に隣家の庭を隅から隅まで見ては、ボスが現れないかと楽しみにしている。濃厚接触はできないが、彼が来てくれたおかげで、やっと私はこの場所に落ち着けた気がしたのだった。

カフェイン抜きと雑草とのにらみ合い

先日、漢方薬局での体調チェックに行くと、先生から、
「体の調子がとてもいいけれど、何かしましたか?」
と聞かれた。実はその日は、自分では体調がいいとは感じず、やや睡眠不足気味だったのだが、自分の感覚と体内の状態は違うらしい。そういわれて私には、思い当たることがあった。

ひと月ほど前、インターネットでたまたま、海外の健康情報が翻訳されたものを目にした。そこには様々な食べ物が、体に「とてもよい」「よい」「普通」「やや悪い」「悪い」といった順番に並んでいた。こういった情報は巷《ちまた》にあふれているので、特に目新しいものではなかった。「とてもよい」から「普通」といわれているものは、精製されていない穀類、野菜、魚介、肉など、多くの人がふだん食べているもので、「やや悪い」「悪い」のは、ファストフードやトランス脂肪酸が含まれているものだった。外国人はほとんど海藻を食べないので、リストには入っていなかったが、日本人の食事だったら、食べてよいもののなかに、味噌《みそ》や海藻なども入ってくるだろう。

「悪い」ものはなるべく避け、「普通」から上のものを食べていればいいのだろうとリストを見ていくと、「とてもよい」食べ物のなかで、ダークチョコレートだけを食べていなかった。含まれているカカオポリフェノールが体にいいらしい。たまに食べること

はあったけれど、常食してはいないので、オーガニックのカカオ含有量が多いダークチョコレートを買い求め、一日に二・五センチ角の大きさのものをひとかけずつ、食べるようにした。そして一枚、食べ終わり、二枚目に入った。

そのあたりから、体調に変化があった。動悸《どうき》を感じるようになってきたのである。今まではそんなことはなかったのにと、これまでと何か違う行動をしただろうかと考えたときに気づいたのが、少量だが毎日食べ続けていたダークチョコレートだったのだ。

私はカフェインが体から排出されるのが遅い体質らしいので、なるべくカフェインは摂《と》らないようにしている。お茶の類《たぐい》もカフェインの含有量が少ないものや、カフェインレスを選んでいた。ダークチョコレートは、甘くはないにしても、カフェインは含まれているわけで、これを毎日口にしていたせいではないかと、食べるのをやめた。ついでに血圧に関係するらしい、甘い物を食べるのもやめた。そして体からカフェインを排出するために、動悸が収まるまで白湯《さゆ》だけを飲むことにした。ダークチョコレートはともかく、好きな緑番茶が飲めなくなったのは辛かったけれども、とにかく治そうと続けていたら、四、五日で収まった。以降、ダークチョコレートと甘い物は厳禁にして、好きな緑番茶は少量、主に白湯を飲むのを続けていた最中に、先生にそういわれたのである。

その話を先生にしたら、

「ダークチョコレートは普通のチョコレートより栄養価が高いといっても、脂の塊なのには、変わりはないから。もちろんカフェインも含まれているし。たまにならいいけれど、少しずつであっても、毎日食べ続けるようなものじゃないですよね」

といわれた。外国人の体質には合うかもしれないが、体型からして典型的日本人の私には、向かなかったのだろう。

しかし先生は、

「甘い物とカフェインを抜くと、こんなふうに体が違ってくるのね」

と感心していて、私の体内はよい方に変わっていたらしい。ただ自分の感覚として、

「体調、最高！」

と実感できていないのが残念だった。実際、自分では体調がいいと思っていても、先生は、

「うーん」

と首を傾げていることがあった。だいたいそういうときは、体が疲れているのに、私自身が疲れを感じていないときだった。

先生からは、

「疲れを感じてから休むというのでは、すでに遅いので、疲れる前に休むようにしてください」

とよくいわれていた。漢方薬局に通い続けるようになって十四年が経ち、最初の頃は、それがうまくできなかったが、最近は年齢もあるので、すべて早め、早めに対処するようになった。起きる時間はいつも決まっているので、寝る時間が一時間遅れると、目覚めがいまひとつよくない。できる限り同じ時間に寝るようにしている。

食事の時間はだいたい三食、決まっているし、フリーランスのわりには、判で押したような生活をしている。ネコと一緒に暮らしていたときは、何でもネコ様に合わせていたので、私の自由にはできなかった。夜、ネコ様の命令で、九時半頃に、

「寝なさい」

とむりやりベッドに入れられたのはいいが、それから二時間おきに起こされて、ネコ様の、「撫《な》でて」「ブラッシングして」「何でもいいから褒めて」といった要望に対し、乳母の私には拒否権などなく、命じられるとおりにしていた。その習慣が長くあったので、起こされなくても二時間ごとに目が覚めるようになってしまった。しかしネコ様を見送ってからは、そんなこともなくなり、寝る時間が一時間遅くなると、翌日、睡眠不足気味になるけれど、朝、起きたとたんに、すでに疲れているといったことはなくなっ

た。無理は禁物だと思ってはいるが、気分はまだ三十五歳くらいのつもりでいたりするので、

「それは、いかん。実年齢を認めよう」

と自分を戒めている。

クーラーも前の住まいではネコ様が冷え性だったため、私の一存では使えなかったけれど、今は好きなように使えるので、

「クーラーを入れると、こんなに涼しくて、体が楽なのね」

とあらためて気がついた。以前は夏場に必ず、肘の裏側のくぼみのところに、あせもができていたのだけれど、二〇二二年はそれがまったく出なかった。昔はクーラーが苦手だったのに、今は平気になった。周囲には、若い頃は平気だったのに、年齢を重ねてから苦手になったという人もいて、人それぞれのようだ。家の中で熱中症になるケースのほうが、外で罹るよりも相当多いようだけれど、まじめに節電をしていたせいで、という理由だけではなく、高齢になってクーラーが苦手になったからという人もいるのかもしれない。

新型コロナウイルスがまたまた感染拡大しているので、外に出る機会が少なくなった

が、いくらクーラーの利いた室内が快適で涼しいからといって、家の中にばかりいるのもよくないと、晴れている日は気温が多少高くても、といっても三十三度くらいが限度だが、散歩がてら午前中に近所のスーパーマーケットまで買い物に行く。

玄関のドアを開けると、もちろん外気は暑いのだけれど、汗をかくのは嫌いではない。かかないのもかきすぎるのも、体にとってはよくないそうだ。曇りの日でも、日光をほぼ遮断するという愛用の日傘を差して、ふだんよりものんびり歩いていく。人も少ないのでマスクをずらして歩くことも多い。真っ青な空に、ご近所の庭木の緑も青々としていて、暑いけれど、とても爽やかだ。しかしじわりじわりと、暑さが襲ってきて、外に出たのを後悔しはじめた頃に、店に着く。店内はもちろんクーラーが利いているので、ほっとしながら買い物をする。

その店は最寄り駅から離れていて、前には交通量の多い道路もあるが周囲が住宅地のせいか、買い物客もそれほど多くなく、いつもゆっくりと品物を選べる。車で大量に買い出しに来ている人も多い。店舗の専用駐車場を見ると、レクサス、ハイブリッド車のワゴン、外国車が多く、徒歩で買い物に来ているのは、私くらいのものかも、などと思いながら、持てる範囲のものを購入する。こんなに買うんじゃなかったと後悔する頃には、家に戻っている。あまりに暑い場合はシャワーを浴びるし、そうでない場合はぬるま湯に浸して絞ったタオルで体を拭いて、服を着替える。これで涼しい部屋にいると、気分もすっきりして、昼食後の仕事も捗《はかど》りそうな気がするのだ。

猛暑であっても、私の体に関してはクーラーで解決できるようになったが、できないのが庭の雑草である。ついこの間、早朝、三十分だけと決めて雑草を取り、防犯用の砂利がすべて見えている状態だったのに、一週間後にはもうそここに生えてきていた。雑草取りは好きだけれど、あまりに頻繁になると、正直うんざりする。おまけにこの猛暑である。雨の日はできないし、天気がいいと炎天下での熱中症が怖い。猛暑だから放っておいたら、少しは枯れるのではと期待したけれど、雑草たちはますます元気になって、緑を濃くしている。どうしてこんな短期間にこんなに生長するのか、そのパワーが不思議でならない。雑草魂はすごすぎるのである。雑草という植物はないと、植物好きの人はそういうし、私もそうだと思っている。緑は嫌いじゃないので、たくさんあったほうがうれしいのだけれど、私担当の小さな庭には大家さんが植えた木があるので、それに影響を及ぼされるのは問題なのだ。

塀を隔てた隣家の庭には、茎が徐々に太くなっていった、雑草のような木のような、植物には無知な私には判断しかねる植物が何本も生えている。そのうちの一本は二階建ての屋根を越す高さまで伸びている。うちに近い塀際の一本も生長著しい。引っ越してきたときは、それほど大きくなく、冬になると大きな葉が枯れて落ちてきた。もちろん落ち葉掃きのときは、それもきれいに掃除していた。

それが春先から、あれよあれよという間に大きくなり、塀を乗り越えてこちらのほうまで、一メートル以上も枝葉を伸ばしてくるようになった。主茎は茶色っぽいが、そこから出ている茎や、裏から見た葉の太い葉脈が赤いので、いったいどういう植物なのかと、インターネットで検索してみたが、これといった決定的な決め手がない。

また、その植物の茎に、茎の色が赤い、蔓《つる》を伸ばしてからみついてきた雑草がいる。小さな花を見ると、子どものときに、野原でよく見た記憶はあるが、名前は知らない。こちらも異常といいたいくらい生長が速い。赤い茎の植物というのは、どことなく不気味だし、そのまま生長を続けると、こちらの窓をふさぐ可能性も出てきた。そして地面には抜かなくてはならない雑草も日々、生長している。猛暑のなか、私と雑草とのにらみ合いは続いているのである。

美容院探しとヘアスタイル

　私は美容院、今はヘアサロンというのだろうが、そこに行くのがとても苦手だった。どうもリラックスできないのである。ずっと同じ店に通っている人も多いけれど、私の場合は引っ越しも多かったので、そのつど店を替えていた。

　以前、流行の有名サロンのカリスマ美容師にもカットしてもらったことがあるが、さすがにそれまでカットしてくれた人たちとは違うなとは思った。ご本人はとても感じのいい男性だったのだけれど、彼の部下の若いスタッフ全員がものすごく感じが悪く、次の予約も三カ月待ちなどといわれたので、一回だけで行くのはやめた。そして髪が伸びると、紙を切る鋏《はさみ》で適当に切るようになった。

　しかしたまにではあるが、撮影をしてもらうこともあり、ちゃんとしなくちゃなあと反省しつつ、長い間、撮影で知り合ったヘアメイクの方に家に来てカットしてもらっていた。しかし彼女が結婚して遠方に引っ越し、出産もしたので、カットしてくれる店を新しく探さなくてはならなかった。

　出不精なので、髪を切るのに電車に乗ってまでは行きたくない。徒歩圏内、駅でいうと二駅か三駅の範囲のところにしたい。椅子がずらっと並んでいて、シャンプーやカットが終わると、担当してくれた人がいうのならともかく、他の客への仕事をしているスタッフの、口先だけの「お疲れ様でした」をいわれる店にも行きたくなかった。プライバシーを詮索してくるような所もいやだった。

となるとオーナー一人、スタッフ一人くらいの小さい店がいい。以前、住んでいた駅周辺で、そのような雰囲気であろうと当たりをつけた店に行ってみたが、だいたいオーナーがよくても、スタッフがひどかった。気に入ったところが見つからず、インターネットで徒歩圏内にある店を探し、口コミなどを参考に、散歩がてら店の前まで行ってみて、どういう雰囲気かを探りつつ、ある店に決めた。


そこは中年の女性オーナー一人でやっている店で、行ってみるとこちらの素性などはほとんど聞かないので通うことにした。今から五、六年前のことである。そのときはショートカットだったのだけれど、そこでカットしてもらうようになってから、やたらと毛先が跳ねるようになった。彼女が毎回、

「どうでしたか」

と聞くので、

「あちらこちらが跳ねるのが困ります。癖があるので、多少はそうなるのですけれど、前にはこういうことがなかったので」

といった。自分も歳《とし》を取っているから、髪質も変わってきているのは間違いない。彼

女も私の髪の毛の現状を見て、対処してくれていたのだろうが、店を出たときはちゃんと収まっているのに、家で髪を洗うと跳ねる。それも困った感じで跳ねるのである。私には珍しく、洗うたびにブローもしてみたが、改善されなかった。面倒くさがりなので、「洗う、乾かす、おしまい」で済むヘアスタイルが理想だった。それでも行くたびに、こちらの気になるところを、改善しようとしてくれていたのはわかった。が、何も記録を残していないのか、彼女の記憶が薄れてしまうのか、行くたびに何度も同じことを話さなくてはならないのがいやだった。

「ひと月前に同じことをいったんですけれど。覚えていないのですか。客のカルテなどは作っていないんですか」

などとはいえず黙っているしかなかった。

店内の一部の棚にほこりが溜《た》まっていたり、カーテンの隙間から見えた、物置にしている場所が、とても汚れていて、そういった部分には無頓着な人のようだった。店に他の人の目があれば指摘もできるのだろうが、一人だと見慣れてしまって、何とも感じなくなってしまうのだろう。

あるときシャンプーで勢いよく頭を揺らされて、くらくらしてしまったので、それからはカットだけをしてもらうようになった。カットの前にケープをかけられるけれど、そのケープに私の前にカットした人の髪の毛がびっしりとついていたときには、思わず彼女の顔を見てしまった。彼女は、「はっ？」という顔をしていたが、私が露骨にケープの下から、くっついている髪をふるい落としたので、どういう状況だったかわかったと思う。

以降、そういったことはなくなったが、気になったので、友だちにその話をしてみた。一人はずっと決まったサロンに通っていて、もう一人はサロンは決めておらず、カットが必要になると、そのつど違う店に行っているのだという。私が前の客の毛がついたケープの話をすると、二人とも、

「それはだめよ。ありえない」

と口を揃えていった。

「そうだよね。ちょっとひどいよね」

といい、私はまた新しい店を探さなくてはと思うようになった。

カット中の雑談の話題も、世の中の割引やクーポン券、バス旅行の話などをされるのだが、私はどれも興味がないので、話がはずまない。彼女がプライベートなことを聞かないので、私も一切、話さなかったが、仕事をしているとは伝えていた。

「お休みの日は何をしているんですか」

と聞かれたので、

「うーん、本を読んだり、襦袢《じゅばん》に半衿《はんえり》をつけたり、編み物をしたりしているかな」

といったら黙ってしまった。客層は中高年女性が多いといっていたので、割引やバス旅行の話は、客が喜ぶ話題だったのかもしれない。私が着物が好きだと話すと、彼女は仕事上、フォーマルな着物の着付けも依頼されるので、それに関しては話が続いたのだけれど、私が持っている色無地紋付きの話になったとき、

「その色無地ってどんな柄ですか？」

と聞かれたので、

「色無地は無地染めだから柄はないけど。柄って反物の地紋のことですか」

と聞いたら黙ってしまった。


そんなとき新型コロナウイルスの感染拡大があり、その店からも遠ざかって、髪が伸びるままにしていた。気になるところをちょこちょこと、自分で切っていたら、ボブスタイルになった。何とか感染状況も落ち着き、新しい店も開拓できなかったので、仕方なく同じ店でショートカットにしてもらおうとしたら、

「せっかくここまで伸びたのだから、もったいないしボブスタイルにしたらどうですか。髪質にも合っていると思うので」

と彼女がいった。私は「伸びたからもったいない」という言葉にひっかかった。ヘアスタイルは、もったいないとか、もったいなくないで決める問題ではない。伸びたとしても、短いほうがよければ、思いきりカットするのが、切る方の姿勢なのではないかと思ったが、ボブスタイルは若い頃にずっとしていたこともあり、まあ、それでもいいかと、カットしてもらった。最後にうなじの毛を電気カミソリで整えてくれるのだが、力を入れすぎるのか、首に痛みが走った。家に帰っても痛むので見てみたら、横に赤く血がにじんでいた。

そのうえカットができなかった間、ずっと使っていたシャンプーがリニューアルされ、続けて使っていたら髪質がどんどん変わってきてしまった。髪の毛に腰がなくなり、妙にへなへなになってきて、全体的にべったりとした感じになった。これはいやだなと思い、次に店に行ったときに、再度、

「前のようなショートカットにしてほしい」

と頼んだ。すると彼女はものすごくあわてて、

「いや、今のスタイルがいちばんいいですから。似合っていますし。変えなくてもいい

んじゃないですか」

　という。それでは相談に乗りましょうという態度ではなかった。それを見た私は、

（この人は、私の新しいヘアスタイルを考えるのが面倒くさくなったのだな）

　とわかった。また短くしたら、あっちが跳ねる、こっちが跳ねるといわれそうだし、今のスタイルだと全体的に落ち着いているんだから、いいじゃないかという理屈なのだろう。私がひねくれているのかもしれないが、もうその年齢なのだから、今のままで問題ないのならそれでいいじゃないかといわれているような気がしたのだった。でも私自身がもう飽きているし、若い頃は似合っていたかもしれないけれど、今は似合ってないと思っている。しばらく私は考えていたが、

「わかりました、それでは伸びた分だけカットしてください」

　といって、過去の様々な事柄を思い出しつつ、この店に来るのは、これで最後にしようと決めたのだった。


　そしてメンバーズカードを捨て、新しい店を探しはじめた。ちょうど引っ越したこともあったので、最寄り駅の近くにあればと、インターネットで検索したら、私の希望に合致する店がいくつかあった。散歩がてら様子を見に行き、ここならいいのではと感じ

た、うちから徒歩五分のところにある店に予約を入れた。

そこも女性のオーナー一人でやっている店だった。私よりも少し年下だと思うけれど、彼女の雰囲気が素敵だと感じたからだった。失礼ながらモデル体型でもないのだが、その人らしさがあってとてもいい。髪の色がクリームイエローなのも気に入った。はじめて店に入って鏡の前に座ると、

「どうしてうちに来ようと思ったのですか」

と聞かれた。

「自分なりに調査をして、ここならばと思って来ました」

と話すと、彼女は笑いながら、

「変わってますねえ。うちのような店を選ぶなんて」

という。

「ええっ、そうでしょうか」

「うちの店はね、近所の方はほとんどいないんですよ。こんな髪の毛の色をしているおばさんのところで、髪を切りたいなんて思わないでしょう」

「そうですか？　そこがいいと思ったんですけれど」

といったら、

「奇特な方ですね」

と笑っていた。

着物を着る機会が多いので、ショートカットにしたいというと、彼女は鏡の前で、私の髪の毛に触れ、長さを確認しながら、

「着物を着るのなら、おっしゃるようにショートにするか、肩くらいまで伸ばして、自分でまとめるかでしょうね。ショートといってもベリーショートは似合わないし、ある程度、長さがあるほうがいいわね。ボブスタイルで若く見える人もいるけれど、あなたは違う」

ずばっといわれて、思わず笑ってしまった。

「髪の毛の状態も使っていたシャンプーの成分が変わったみたいで、どんどん変になっていくんです」

「縮毛矯正しているのかと思ったの。もともとのいい癖があるのに、シャンプーが殺していたのね。今のシャンプーはたくさんの成分を入れ込みすぎているから、気をつけないといけないんです。オーガニックっていっても、それだけじゃ分子が大きすぎて、髪の毛に浸透しないから、化学物質を入れなくちゃならないんだけど。それがね、問題を起こすから。きっと、これまでお使いのシャンプーも、リニューアルのときに成分を変

えちゃったんでしょうね」

と教えてくれた。

私がショートにする方向でとお願いすると、再び髪の毛を触りながら、

「白髪もきれいに入っているし、髪の毛の質自体も問題ないし、白髪染めはする必要は全然ないわね。カラーリングにしても、一般的な茶色は似合わないから、どうせやるんだったら、こっち系のほうが似合うと思う」

彼女は自分の頭を指さした。

「そうなんです。どうせ染めるんだったら、ピンクにしたい」

「そうそう」

私は白髪を隠すためのカラーリングはする気はないし、どうせやるならピンクと決めているのだが、もう少し白髪を増やしたいので、しばらくはこのままで様子を見たい。先に延ばしたほうが、楽しみが増えていいのだ。

この店ではカットとセットになっているのでシャンプーもお願いしたのだけれど、頭がくらくらすることもなく、とても丁寧だった。それも今までされたことがないような優しい洗い方なのに、後がさっぱりする。頭を力強く揺り動かさなくても、ちゃんと洗えるのだなとわかった。彼女によると、髪の汚れは揉《も》み出すのではなく、指先で掻き出

すようにするといいと、洗い方を教えてくれた。

私のもともとの癖を活かすようにカットしてくれた後、

「シャンプーはどうしますか？」

と聞かれたので、お店で使っているサロン用のストックをひとつ譲ってもらった。

「次に来るとか来ないとか関係なく、肌に合わなかったら持ってきて。引き取りますから」

私の髪の毛の癖を殺して、縮毛矯正しているのかと間違われるような状態になるシャンプーはもう使う気にはなれないし、洗い上がりも気持ちがよかったので、しばらく使ってみることにした。

それからそのシャンプーを使い続けているが、ぺったりとしていた髪もだんだん元に戻ってきた。多少、サイドが跳ねる癖は相変わらずだが、以前のようにひどくはない。前の店ではカット時間が三、四十分ほどだったが、今はシャンプーの時間もあるけれど、一時間半以上かけてやってくれる。

毛だらけのケープは問題だが、前に通っていた店が悪いわけではなく、そういった店でほっとできる客も多いはずだ。細かいことには頓着せず、ヘアスタイルを変える気持ちもなく、ずっと同じなのが安心で、関心のある話題を提供してくれる。そういった変化のない店もあっていい。でも私には合わなかった。というか私がその店のやり方に合わなかったのだろう。

外見を気にしすぎて、過度にダイエットや美容にのめりこむのはどうかと思っているけれど、私は六十代後半だが、ヘアスタイルを変えたいときがあるし、少しでもましになりたいと思っている。プロにはそれをわかってほしいし、アドバイスもしてほしい。しかし運よく、新しい店に出会え、もしも私が髪の毛をピンクにするのだったら、ここでやってもらうだろうなと考えているのである。

猛暑と室内履き

夏は暑いのが当たり前とはいえ、二〇二三年の夏は特に、エアコンなしではいられないほど、強烈に暑かった。マレーシアに行った人から聞いた話では、現地よりも東京のほうがずっと暑かったそうである。こんなに暑いと私の脳の働きもいまひとつになり、毎日、必ずといっていいほど、

「あれ？」

と首を傾げることが多くなった。

買い物に行って、ひとつだけ買う物を忘れたり、レンズが透明のサングラスをかけているのに、サングラスはどこだと外出先であせってみたり、隣の部屋に物を取りに行ったのはいいが、部屋に入ったとたんに、

「はて、何を取りに来たのやら」

と考える始末である。しばらく考えて、

「あ、そうそう」

と思い出すのだが、その過程を考えると、

「自分、大丈夫か？」

といいたくなる。前期ではあるが高齢者となると、そういった日常の細かいことが、何かよろしくない事柄につながるのではないかと不安になるのだ。

先日、私のところに物を送ってくださった方がいたのだが、住所を書き間違えたそうで、戻ってきてしまったと連絡があった。忙しいなか時間を割いて送ってくださり、こちらはただ待つだけなので実害はなかったのだが、ご本人は、「己のボケぶりが情けない」とがっかりされたようだった。誰しも間違いがあるものだし、うちの住所には似た地名がいくつかあるので、間違いやすいのも当然だった。すぐに送り直してくださって、無事に手元に届いた。

それからひと月も経たないうちに、その方以外に、うちに届くはずの荷物で、五件も宅配便の住所間違いが起こった。送り主は通販業者ではなく、みな私の知人である。最初は、宅配便の配達員の方が、

「住所が間違っていました」

とちょっと困ったふうにいったので、

「ああ、それは本当に申し訳なかったです」

と謝っておいたのだが、その後も同様の問題が起こり、住所の書き間違いだったり、番地や枝番がごっちゃになっていたりして、しまいには、

「また間違っていましたよう」

と彼は悲しそうな声でいうようになってしまった。

この猛暑のなか、配達を仕事にしている方々は、本当に大変だ。送り状に書き間違いがあっても、こちらは、
「はあ〜、5が8になっていたんですね。本当に何度もすみません」
と謝るしかないのだが、この暑さだから、脳もきちんと働かず、漢字も数字も書き間違える。そうなるのも当然だろうと考えるようにした。私もほぼ毎日、「？」となるようなことをやらかしている。すべて暑さのせいなのである。

ただ暑いには暑いのだが、引っ越したおかげで、前の部屋よりも、今の部屋のほうが快適に過ごせている。最上階の部屋に住んでいたときは、屋上に直射日光が当たるせいか、夜になっても部屋の熱気が抜けず、ずーっと蒸されているようだった。今の部屋は天井や壁が漆喰《しっくい》なのと、戸や床が天然木で造られているからか、冬はとても寒いのだが、夏は涼しくて助かっている。ダイニングテーブルの上と、仕事机の横に置いている温湿度計を見ながら、室温を管理していて、月の平均気温が統計開始以来最も高かった二〇二三年の七月も、一度、三時間ほどエアコンを冷房にしただけで、あとはドライ運転で適切な温度と湿度になっていた。

若い頃は冷房が苦手で、ずっと冷えた部屋のなかにいると、頭が痛くなった。冷房を

使うよりも、多少の暑さのなかで汗をかくほうが、私には快適だった。

テレビのニュースで、地域在住の独居の高齢者のために、室内の温度管理ができているかどうか、毎日、見回る方々がいると報じていた。八十歳を過ぎた高齢者のなかには、冷房を使っていない人が少なくない。部屋にエアコンがあるのに使わないのである。特に後期高齢者はまじめだから、電気料金が上がるというニュースを見聞きすると、生活のことが第一に頭に浮かび、つい冷房を入れるのを我慢しがちになる。熱中症予防のために、適切に冷房を使うようにといわれても、電気料金の値上げのほうが、強く頭に残ってしまうのだろう。

見回りの方が温度計を示しながら、

「ほら、こんなに部屋の温度が高いから、ちゃんと冷房をつけないといけませんよ」

といっているのに、

「私は暑くないから」

と答える。適切な温度になるように冷房を入れても、

「寒い」

といった人もいた。室温が三十五度にもなっているのに、冷房なしで過ごしていた人もいて、そんな姿を見ると、話には聞いていたが、

「これはあぶない」

とてもよく現状がわかったのである。

彼らの子どもたちが、

「いくら電気代を節約したとしても、熱中症で病院に運ばれて入院となったら、そちらのほうがお金がかかるのだから、冷房を入れなさい。下手をしたら命もなくなるのだから、とにかく冷房を入れろ」

と説得しても、高齢者には、自分は大丈夫という自負もあるようだ。

友だちから聞いた話だが、彼女の知り合いの父親が、いくらいっても冷房を使おうとしない。

「それは危険だから」

と怒ったら、

「あの戦争を耐えてきたのだから、このくらい我慢できないわけがない」

と父親が答えたという。自信を持って猛暑に耐えているのである。知り合いは、

「耐えなくていいから、とにかく冷房を入れろ」

とひたすらいい続けて、やっとエアコンのスイッチを入れさせたと、ほっとしていたとのことだった。

私は自分の体感よりも、実数を目で見たほうがいいと、温湿度計を購入して、それを目安にしているけれど、それがなかったら、自分も同じことをしてしまいそうだ。たしかに寒いか暑いかといわれると暑いのだけれど、それほどでもないと思えば、それほどでもなく、我慢できないこともないという感覚なのである。前の部屋に住んでいたときは、寒がりのネコが望む気温に合わせていたので、一年中、ずっと室内は高温ぎみだった。そしてネコの体調は万全だが、私の体調はいまひとつだった。

最近は「じわじわ熱中症」という症状があり、日々のごく軽度の熱中症が積み重なって、風邪や夏バテだと思っているうちにゆっくりと体調が悪化してしまうという。本人も熱中症だとは気づき難《にく》いらしい。そうならないように、日々、気をつけなくてはならない。

温湿度計を見ないで、どのくらいになったら自分の体が辛くなるのだろうかと、一度、試しにやってみたところ、湿度が高いときは特に、三十度を超えると、ちょっときつくなってきた。温湿度計を見ると、室温が「熱中症要注意」のゾーンの最低ラインを超え、湿度も「快適」なゾーンから外れていたりする。そこでエアコンをドライにすると、あっという間に温度、湿度とも快適ゾーンに収まるのが不思議なくらいだ。たまに寒いと感じることもあるけれど、そんなときは薄手のカーディガンを羽織って調節している。前期高齢者になったら、特に私のような独居の場合、夏の体調管理に関しては、自分の感覚よりも、機械が教えてくれる快適ゾーンに合わせたほうが、結局は、自分のためにいい。意地を張るところと張らないところの使い分けが必要なのだった。

とにかく温湿度計が表示するとおりに、室温を設定しているけれど、やはり下半身は冷やしたくない。上半身はタンクトップの上にTシャツを着ている。Tシャツ一枚よりも、その下に何かを着たほうが、涼しい気がする。下半身は綿麻のあまり薄手ではないウエストゴムのフルレングスのパンツだ。本来はクロップドパンツとして作られたのか、短足の私が、丈を直さなくても穿《は》けた奇跡のパンツなので、四本買って順繰りに毎日穿き替えている。

室内ではスリッパを履いていたのだけれど、どうも履き心地がよくなく、消耗も激しいので、いっそ履かないほうがいいのではと考えるようになった。ヘアサロンのオーナーが、いつもかわいい靴を履いているので、

「どこのものですか」

とたずねたら、整形外科に基づいたドイツの技術で作られたコンフォートシューズを扱う『ALKA《アルカ》』という靴店を教えてくれた。私は若い頃はビルケンシュトックを愛用

していたが、リニューアルしてからはまったく足に合わなくなり、どうしようかと思っていた。デパートに売り場があると聞いて、行ってみたら気に入ったデザインのものがあったので、それを購入するととても具合がよかった。

よく靴の謳《うた》い文句で、「土踏まずにフィットする」と書かれているけれど、これまで様々な靴を購入してきた結果、誰かにはフィットしたのだろうけれど、私の土踏まずにぴったりフィットしたものは、昔のビルケンシュトックしかなかった。しかしＡＬＫＡの靴は、それよりもずっとフィット性が高く、土踏まずが優しく支えられていて、それを履いて歩いているととても気持ちがよかった。御礼かたがたそんな話を彼女にしたら、「室内履きもいいのよ。歳を取っている人はどうだかわからないけれど、プレゼントをした若い人が足の形がだんだん整ってきたっていってたわ」

という。

ちょうどスリッパに疑問を持ちはじめていたところだったので、室内履きにも使えるタイプのサンダルも購入してみた。こちらも履いてみると、土踏まずにぴったりとフィットして気持ちがいい。以前は、つま先立って踵《かかと》を上げ下げする運動をしようとすると、何となく足首が外側に開きがちになって、不安定な感じがしていたのだが、これを履くようになってからは、体幹が整ってきたのか、体がぶれなくなったような気がしている。

問題はこの靴の価格が高めということで、だいたい私が履きやすいと考えている靴の二倍、一般的な靴の三、四倍ほどになることである。修理が可能なので、使い捨てではないのだけれど、初期投資が嵩《かさ》むので、その点が難しいところである。

スニーカーやブーツもかわいいのだが、だいたい六万円から七万円、シンプルな美しいパンプスは七万円から九万円近くするので、気軽に買うというわけにはいかない。私が買った靴は五万円ちょっと、室内履きは三万六千円くらいだったが、買ってよかったと満足している。

そしてその室内履きを連日履き、エアコンを入れているとはいえ、足全体は包みたくないので、細い毛糸編みで『モグラソックス』という名前の、つま先がない靴下を履いて過ごしている。普通のソックスの甲の半分から先がない形状になっている。モグラソックスを編むための見本用に一足購入し、自分でも編んでみたのだけれど、自作したほうは劣化が激しく、結局、買ったほうが長持ちしているのでそれを履いている。

室内履きはサンダルタイプだし、ソックスもそのような形状なので、つま先には何も覆うものがない。ただつま先の部分がないだけだけれど、このソックスが夏にはとても便利なのだ。いくら猛暑日が増えたとはいえ、体をがんがん冷やせばいいというわけではない。二〇二三年は夏が終わるまでこのスタイルだったし、二〇二四年以降は天候がどうなるかはわからないけれど、脳は涼しく下半身は温める方式でいきたいと考えている。

元気すぎる雑草の生長と謎の穴

三つ前の章の、やたらと生長が速い謎の植物であるが、花が咲いたことで、『アカメガシワ』と確定した。樹皮も葉も茎も生薬として使われ、葉は神仏へのお供えをのせたり、柏餅《かしわ》の柏の代わりに餅を包んだりもしていたそうである。

「たしかにこの大きさなら、餅を包むのも、皿として使うこともできただろうな」

と感心しつつ、ずんずんと伸び、枝を広げているアカメガシワを眺めている。

ひとまず謎の植物の名前が判明したのはよかったが、もともと庭に植えてある、マンサクの木の下側の枝が、地面に付きそうになるくらいまで下がってきていた。そんなふうになるはずはないのにと、よく見てみたら、そばに本体の木の葉とは形状が違う、ひとまわり小さい葉が密集しているのがわかった。もしやこれも雑草ではと、その植物の根元をたどってみたら、防犯用の砂利の間から生えてきていたものだった。

前に草取りをしたときに、三十センチくらいの太い茎の草を抜こうとしたら、あまりに根が深くて抜けなかった。そこで根元から鋏で切ったのだけれど、その雑草があっという間にここまで伸びてきていた。これがいやらしいくらいに、マンサクの木の枝にからみつき、四方八方に細い蔓を伸ばして、上からのしかかるような状態になっていたのだった。小さな薄ピンクや緑色の丸が集まった、花らしきものが咲いていて、子どもの頃によく野原で見かけたのを思い出した。

「何なんだ、この雑草は」

腹を立てながら、これもインターネットで調べてみたら、『ヤブガラシ』だった。「カラシ」といっても食用のからし菜とは関係がなく、藪を覆い尽くして枯らしてしまうから、この名前がついたという。同種と他種の植物が生えていた場合、同種には巻きつかず、他種のほうに巻きつく。そして同種にからみついてしまったら、蔓を巻き戻すのだそうだ。

「あっ、違った」

と思うのだろうか。ヤブガラシの生長のすごさと、同種と他種を認知できる能力には驚いたが、このまま放置して大家さんが植えた木を枯らすわけにはいかないのである。

敵の名前、性質等がわかったところで、マンサクの木にからみついているものを取らなければと、蔓をたどっていった。テラスに面した大きな戸にはシャッター設備があり、その枠の下の隅に、八ミリ×二十五ミリほどの四角い穴が空いている。何とそこにまで細い蔓がからみついて、自分をしっかりと建物に固定しているではないか。

この頭のよさというか、ずる賢さというか、世渡り上手というか、目があるわけでもないのに、こんな小さい穴をどうやって見つけたのか。そしてどうしてここに蔓を伸ばしてからみつくことができたのか。敵ながらあっぱれとは思ったが、こちらとしては迷惑なので、マンサクの木の下側の枝にからみついている、たくさんの蔓を鋏で切って枝からはがし巻き取った。根はどうやっても抜けないので、茎を根元から切った。またすぐににょろにょろと蔓を伸ばしながら生長してくるだろう。

もう一本のヤブガラシは、マンサクの木が植えてあるのと同じ場所に生えていた。木はテラスの中の約四十センチ四方にカットした部分の地面に植えてあるのだけれど、そこにはカタバミ、ドクダミ、シダ類の何かが生えているのはわかっていた。しかしそれ以外の草は私が植物に疎《うと》いために判断できず、もしかして大事な植物だったら、生長する前に抜いたりしてしまっては大変だと、大きくなるまで放置していたら、それもヤブガラシだったのだ。

他の草は愛らしく、「私たちがいらなかったら、抜いてもらってもいいです」といっているかのように、素直な愛すべきたたずまいなのに、ヤブガラシは、のちにいっぱしの有名な植物になるかのように堂々としている。一見、花もかわいくて怪しくないのだけれど、実はとても策略家でしつこく、他の植物に害を及ぼす奴《やつ》なのだった。

当然、それもからみついているあちらこちらの蔓を切り、ロープをたぐるようにして、木の枝から引きはがした。面白いようにはがれてくれるのはよかったけれど、こちらも結構な長さに生長していて、こんなものを二本も背負わされていた、マンサクの木はさぞや辛かっただろうと眺めると、地面に付きそうになっていた枝がぐいっと持ち上がって、

「ああ、せいせいした」

といっているかのようだった。

ヤブガラシの説明には「一度拡《ひろ》がってしまうと、その土地から完全に取り去るのは難事」と書いてあった。これから気をつけて見ていかなくてはと思っていた矢先、隣家に生えているヤブガラシが、これも隣家から枝を伸ばしているアカメガシワをつたって、うちの窓のほうに蔓を伸ばしているのが見えた。その蔓の形状の雰囲気が、若い女性にしつこくからむおやじの指先のようで気持ちが悪い。

マンサクの木からは、多少距離があるために、早急に被害が及ぶわけではないが、シャッターの枠の穴にまで、蔓を伸ばしてきたことを思うと、安心はできない。

「あんたは、いったいどこまでくっついてくるつもりだ」

と呆《あき》れつつ、毎日、ヤブガラシの生長をチェックして、窓に届くことがないように、はがすタイミングを見計らっている。

ヤブガラシに目を奪われているうちに、防犯のために撒《ま》かれている砂利を押しのけて生えている雑草は、元気よく生長し続けていた。三十センチ以上も、伸びてきているものまであった。

「早く草取りをしなくちゃ」

と思っていたものの、連日の猛暑続きで、いくら庭とはいえ、外で作業をする気にもならず、先延ばしにしていた。するとまた日に日に雑草の生長が著しくなり、他の部分は砂利が敷いてあるのが見渡せるが、その一角だけは草しか見えなくなってしまった。

放置するわけにはいかないので、天気予報を毎日調べながら、やや気温が低くなるという日の午前中に目標を定め、草取りを決行することにした。六時に起きて燃えるゴミを出し、足元はサンダル履きだが、帽子、長袖Tシャツ、エプロン、首に手ぬぐい、両手にゴム手袋という姿で、ゴミ袋を傍らに置いて、草取りをはじめた。

草取り用の道具も購入したのだけれど、夏場に本気でやりすぎるのは、前期高齢者としてはよくないのではないかと思い、手で抜ける部分だけを抜くという方式にした。さすがに朝早くだと、私の天敵の蚊も出てこないようで、スムーズに草取りは進んだ。ハルジオン、ノゲシ、カヤツリグサ、シダ類のうちの何か、をはじめ、ドクダミもたくさん生えていた。これを洗って焼酎やアルコールにつけておくと、虫刺されなどに効くと知ったので、他の草とは分けておいた。

ヤブガラシのように根が深いものは別にして、他の雑草は引っ張ればすぐに抜けるので、それほど辛い作業ではない。しかしハルジオンはどうしても手だけでは根まで抜けないので、地面の葉しかむしれなかった。放射状に平たく葉を広げているのだけれど、それごとごっそり抜けないのだ。ハルジオンは貧乏草ともいい、ヤブガラシと同じように、野原にたくさん生えていた。そして春になると白い花を咲かせた。

私が小学校に入学する前に住んでいた長屋の庭にも、ハルジオンが咲いていた。それを見た母親が、

「貧乏人の家に貧乏草が生えているのは困ったものだ」

といい、私が切って花瓶に活けたいといっても、だめといって許さなかった。花が咲いたらハルジオンとわかるけれども、その前はこういう状態だったのかとはじめて知った。

私の年齢を考えると、ヤブガラシもハルジオンも六十年以上前から地面に生えていた。もっと前、東京が焼け野原になった直後も生長し、繁殖し続けてきたのだろう。それは根性が違うと思いつつ、申し訳ないが今のところ、うちには不要なので、お引き取りいただくしかなかった。

草を取っていくうちに、土に謎の穴が空いているのを見つけた。直径が一・五センチくらいで見た感じ、とても深そうだった。何なのかなあ、指を入れてみようかなとも思ったのだが、へたにのぞいて中から急に何かが飛び出してきたらいやだし、中に生き物がいた場合、石で蓋をするとかわいそうなので、小さめの葉っぱをそっと穴の上にのせて、近づかないようにした。

草取りの時間は三十分間と決めているので、根深そうな雑草は、地面から出ているところだけになってしまったが、三十分で砂利が見えるような状態になったのでよしとした。想像していたよりもずっと、取った雑草の量が多かった。ドクダミは水洗いして水分を拭き取り、うちには焼酎がないので、消毒用のアルコールと一緒に空き瓶に入れた。だんだん液が茶色くなっていき、約一カ月で使えるようになるそうだ。

たった三十分なのに、早足で歩いたくらいの汗をかいた。草取りはいい運動になりそうだが、早朝はまだしも、さすがに夏の炎天下にはやめたほうがよさそうだ。気になっていた場所が、まあ満足できる程度にきれいになり、それから何度もそこを見ては悦に入っていた。

しかし、二日経ち、三日経つと、また雑草が元気に生長してきた。シダ、ドクダミ、ハルジオン、きみたちは意気消沈するとか、しばし休むとか、そういったことはないのかと聞きたいほどだ。除草剤は使いたくないので、こまめに取るしかないが、いい運動になると思って続ける。そしてあの謎の穴は何なのかと、これまたインターネットで調べてみたら、どうやら形状からして、セミの幼虫が抜け出た穴であるらしい。そういえばはじめてセミの声を聞いた頃でもあった。

それから二週間後、庭にトンボが飛んできて、マンサクの木にとまっていた。そして一週間ほど前には、玄関と庭にスズメ、そして昨日はうちの物干し竿《ざお》に、ヒヨドリがとまって、じっとこちらを眺めていた。ここに引っ越してきてから一年、外を歩いているネコにも出会えたし、「ぼくらはみんな生きている」という歌詞をより強く感じているのだった。

布団の買い替えと収納術

二〇二二年の十二月は、二十二日に年内に渡す原稿はすべて書き終わったので、残りの大晦日《おおみそか》までの日にちを、部屋の片づけにあてようとがんばってみた。手始めに二十五年ほど前に購入した羽毛掛布団を何とかしようと、カバーをはずしあらためて点検した。気温差に対応できるように、夏に使う薄掛けも含めて、二枚の薄手、一枚の厚手の布団にそれぞれカバーを掛け、季節や室温に合わせて重ねて使っていたのだけれど、それらの布団が限界を迎えている気がしていたのだ。

三枚の布団をよく見てみると、薄いほうの二枚はともかく、いちばん厚い布団の劣化が甚だしく、買い替えが必要だった。他の二枚は本体にはそれほど問題はなかったが、カバーの使い勝手がとても悪く、中で布団がよじれたり、薄手のせいか綿なのにすぐに皺《しわ》だらけになったりと、見栄えがよくない。かといって合繊のものはいやだしなあと思いながら、インターネットで探してみたら、ホテル仕様のカバーが見つかった。これまで使っていたものよりは高かったが、縫製も丁寧で品質がよさそうだった。毎日かならず七時間は使うものだし、多少出費が増えても、快適なもののほうがいいと、カバーをすべてそれに替えることにした。

今のクリーム色のカバーは、白は汚れが目立ちそうだからと選んだ色だった。しかし使っていくうちに、実際はそうではないのに、もとは白色のものが黄変《おうへん》したかのように見えてきたので、今回は白、グレー、ローズ、紺の四色あるうち、清潔感のある白にした。値が張ることもあり、本来ならば三枚必要なのだが、とりあえず最低限必要な二枚分だけ購入した。

問題は本体の布団である。羽毛布団のクリーニングについては、オーガニック洗剤で洗浄する店舗のDMが届いていたが、想像していたよりも高額だったので注文しなかった。古びた布団にそれだけの料金をかけ、新しい羽毛を足しても使い続けたほうがいいのか、それとも新しい布団を買ったほうがいいのかと悩んだ。しかしこの布団がだめになったら、羽毛のものを買うのはやめようと考えていたこともあり、新しい部屋に引っ越したことだし、これから先、新しいものを気持ちよく使っていこうと、納得できる価格の範囲内の布団を探した。念のためにアレルギー対応のもののほうが安心かもと、いろいろなサイトを見ていたら、羽毛は不使用で、今使っている布団よりもずっと安い値段で売られているのを見つけて購入した。布団だけではちょっと寒い日もあったので、他のサイトで毛布も新しく買った。

四日ほどで新しい布団とカバーも届いた。カバーは生地も裏側の布団の留め具もしっかりしている。いつも布団にカバーを掛けるのに四苦八苦するのだが、今回は方向、表裏をよく考えて、新しい布団にカバーを掛けた。新しい布団はふわふわした厚手で、カバーにぴったりと収まり、そのカバー自体の生地がとてもいいので、それを上にのせているだけで、三十年以上、マットレスだけ交換して使っている古いベッドでも、上質な雰囲気が漂ってきた。

しょぼくれた掛布団が、黄変したかのようなカバーの中で見苦しくよじれているのを、

「ちっ」

と舌打ちしながら、毎朝、起きた後に、ぶんぶんと振り回して元に戻していた今までとは大違いである。

「いいじゃないか、いいじゃないか」

私はうれしくなって、もう一枚の掛布団にもカバーを掛け、いちばん薄い肌掛けは、あまりに新しい布団が暖かそうだったので、クローゼットにしまうことにした。新しいカバーをつけた布団二枚の上に、スウェーデン製の北欧柄の毛布を掛けたら、いかにも冬らしい寝床ができたので、大満足だった。そして使い古してすでにしょぼくれていた布団は、幾重にもたたんだ後、上に乗って空気を抜き、ガムテープでぎっちりとぐるぐる巻きにしたら、思いの外小さくなったので、そのまま可燃ゴミとして出してしまった。

部屋を片づけるには、物をそこいらへんにほったらかしにしないで、すぐに片づける

という鉄則が、引っ越しの際に身にしみてわかったので、肌掛けは八つ折りにして、布団を買ったときに入っていた収納袋に入れて隣室のクローゼットの上の棚に置こうとした。収納袋に入れたはいいが、背の低い私はつま先立ちをしても棚の上まで手が届かず、かといって脚立や椅子を持ってくるのも面倒なので、布団は軽いし、えいっと棚の上めがけて放れば、うまいことのるのではないかと、狙いを定めて力いっぱい収納袋を放り投げた。ところが運悪く袋は棚板に激突し、放り投げたのと同じ速度で、私の顔面めがけて戻ってきた。

「ぎゃっ」

すんでのところで叩き落としたが、不愉快、そして意気消沈したのはいうまでもない。

「やっぱり面倒がらずに、きちんとやるのがいちばん早い……」

ぶつくさいいながら、脚立を持ってきて、棚の上に収めた。

「最初からこうすればよかったんだ」

ブーメラン状態ですごい勢いで顔面めがけて戻ってきた映像が、何度も脳内で再生された。叩き落とせたからよかったものの、顔面に当たっていたら、それなりのダメージがあっただろう。

「あーあ、困ったもんだ」

自分で自分に呆れながら、ベッドルームに戻り、美しくなったベッドの上を見てちょっと機嫌が直った。その部屋のしいのお骨の前に飾ってある、私が買ってきたカーネーション五本はずっと咲き続けているし、友だちがくれたラナンキュラス二十本も生き生きしている。何だか環境が整ってきたような気がしてくる。

「しいちゃん、見てごらん。ほら、だんだんきれいになってきたでしょう」

と声をかけたけれど、きっとしいは、

「あんた、無精したから、顔めがけて布団が飛んできたでしょう。あたし知ってるわよ」

と冷たい目をしているに違いない。

「失礼しました」

と私は小声でいって、その場を離れ、増えてきた本の整理をはじめた。

つい買ってしまう雑誌や本に関しては、読んだらすぐに処分（資源ゴミに出すか、バザーに出すか）するようにしているけれど、定期的に書評の仕事をしているので、気になった本は取っておかなくてはならない。前の住まいから持ってきた本棚二台には本がぎっしり詰め込まれていて、薄い雑誌を押し込む隙間もない。

「うーん」

何度も本棚の前でうなったような気がするが、ほとんど改善されていないのが悲しい。これは頭の中であれこれ考えているだけではなく、収納のイメージを図に描き起こして、それに従って片づけ、そこに入らない分は処分するしかないと考えた。しかし部屋に積んである本を眺めるうち、本にも困っているが、生活のなかでいちばん困っているのは、脱衣所に収納がないことだったと思い出した。

脱衣所には備えつけの洗面台の下のスペースしか収納がなく、そこに洗剤のストックや水回りの掃除に必要なものを入れておくと、他のものが入らない。入浴後に体を拭くフェイスタオルも入れる場所がないので、下着、タオル、パジャマなどは無印良品の持ち手のついた帆布バスケットに入れて床置きしていた。いくら上に布を掛けてカバーしているとはいえ、私としてはとにかく物の床置きは避けたいので、何とかならないかと悩んでいたのだった。

まずは小さいスペースからと、脱衣所に必要だが、そこに収納できないものをどうするかを考えた。奥行が狭い棚か引き出しを購入しようかと考えたが、家具は増やしたくない。脱衣所に近い部屋は、本置き場と着物部屋を兼ねている。そこにはチェストが一台あって、いちばん上には二分の一の幅の小物用の引き出しがあり、下の大きな引き出し三段には襦袢が入れてある。裏が白い紙に、正面から見たチェストの絵を簡単に描いた。引き出しにはそれぞれ、袷《あわせ》用、単衣《ひとえ》用、夏物と分けて入れてあったのだが、もしかしたら単衣用と夏物を一緒に入れたら、ひとつが空くのではないかと、引き出しの絵のスペースに、袷、単衣と夏物、いちばん下に、下着、タオル、パジャマと書き込んだ。これは自分の自分に対する指令書のようなものである。私は頭だけで考えるよりも、文字として目で見たほうが、より認識できるようだ。もしこのとおりに収められなかったら、何かを処分しなければならない。

こうなったらすぐにやらなくてはと、引き出しを開けてみたら、やはり、袷は無理だったが、単衣のところに何とか夏物も入りそうだった。結構、ぎゅうぎゅうにはなったものの、いちばん下の引き出しを空にして、指令書どおりに下着、タオル、パジャマを入れることができた。もっと作業をしたかったのだけれど、やりすぎると絶対に途中でいやになりそうだったので、この日はこれだけでやめておいた。でも生活環境を整えるためには、何らかの処分はしなくてはならない。

次は小さな庭の落ち葉掃きである。隣家のアカメガシワの大きな葉が落ちてきていて、そろそろ掃除をしなくてはと考えていたら、突然、男性二人が低い塀の向こう側に現れたのでびっくりした。聞こえてくる話によると、あまりに葉が茂りすぎて、メーターの検針ができないようだ。

（そうか、隠しちゃったのか、相当、茂っていたからなあ）

と思っていたら、翌日、業者らしき男性が一人でやってきて、電動ノコギリでものすごい勢いでアカメガシワを切りはじめた。もちろんそれにへばりついていたヤブガラシも、同時にさようならである。おおっと仕事の手を止めてカーテンの陰から見ていると、彼は住宅の二階以上の高さにまで育った、もう一本のアカメガシワも切りはじめた。切りはじめるとあっという間だなあと感心しながら、見通しがよくすっきりとなった風景を眺めていた。これでこれ以上、落ち葉が増えることはないから、明日、落ち葉掃きをしようと、様子を見に庭に出てみたら、さすがプロの手腕なのか、あれだけの大きさの木を切ったのに、こちらに葉は落ちてきていなかった。気を遣ってくださったらしい。それによって年末の落ち場掃きはとても簡単だった。といっても詰め込んで、大きめのレジ袋一袋分にはなったのだけれど。

新年を迎えるにあたり、とても周辺が明るく見通しがよくなったのはいいが、ひとつ困ったことができた。これまではアカメガシワが枝を伸ばし、たくさんの枝や大きな葉が茂っているのをいいことに、見えないだろうからと、他の洗濯物と同様に、外に下着のパンツを干すようになったのだが、あまりに素通しになったので、いくらおばちゃんといえども、パンツを外に干す勇気はなくなってしまった。節電のために浴室乾燥機は使わず、エアコンの下に、二十年間使い続けている、ステンレス製の折りたたみ式の物干しを置いて、部屋干しするようにした。寒い日は電気ストーブも併用しているので、それも利用する。年が明けるととても天気がいい日ばかりで、気持ちがよかったのだけれど、青い空を見上げながら、また思いっきりパンツを干したいなあと、少し残念に思ったのだった。

秘密の買い物とパールのネックレス

大昔に仕事を半年ばかりしただけなのに、何十年にも亘《わた》り、いまだに雑誌を厚意で送ってくださる出版社がある。文字半分、アイドルのグラビア半分といった構成なのだが、それを眺めながら、「これが新しくデビューしたグループの子たちか」「うーん、前ページのグラビアの人たちと、顔の区別がつかない」などと思いながら、ささやかにその時代の最新の芸能界の匂いを嗅いでいるような状況である。

先日、雑誌を見ていて気がついたのが、アイドルの若い男性たちが、パールのアクセサリーをつけていたことだった。ネックレスの人もいたし、ピアスの人もいた。

「そういう時代になったのか」

と思いながらグラビアを眺めていた。

パールといえば、私が二十代の頃、パールがひと粒ついたネクタイピンや、カフスボタンをしている中年男性をたまに見かけた。会社の役職についている人が多かったけれど、それでもごく少数だった。パールは女性専用のアクセサリーといってもよかった。成人式のときに親から、「振袖を買ってあげる」といわれたが、結婚するまでしか着られない振袖ではなく、一生使えるパールのネックレスとイヤリングのセットを買ってもらった人がいたし、大人になったら、つまり就職して社会人になったら、パールのネックレスを持っていたほうがいいという風潮もあった。

お祝いの席でもお悔やみの席でも、一連のパールのネックレスは万能だった。私もOLのときに結婚式に呼ばれると、持っているなかでいちばん改まった雰囲気のワンピースに、八百円で買ったイミテーションパールのネックレスをして出席していた。偽物であっても、それでフォーマルの形が整えられたのである。

ラジオを聴いていると、時折、ラジオショッピングで、パールのネックレスとイヤリングのセットを販売している。最初はそれを聴きながら、

「通販でパールのアクセサリーを買う人なんているのかしら」

と不思議に思っていた。デパートが通販に乗り出すようになった頃の話だが、私はデパートが通販をする必要などあるのだろうかと不思議だった。まだ通販は一般的ではなく、そういう会社にはちょっと怪しいイメージを持っていたので、デパートの人に通販の売り上げについて聞いてみた。

すると通販でいちばん売れるのは、パールも含めた宝飾類と聞いて驚いた記憶がある。買う側はいくら安くても、名前をよく知らない会社から買うのは抵抗があるが、デパートの通販だと、変な品物は売らないだろうという安心感があるので、宝飾品が売れるのではないかとその人は話していた。

既婚の女性、特に家にいる時間が長い主婦がわざわざ店頭に出向かなくても、そこそこの価格で指輪やネックレスがこっそり買えるのでとても重宝されているらしい。家族がいないときに好きな品物を注文して受け取れる。品物自体が小さいので、自分の小物などを収納している場所に入れておけば、誰にもばれない、大人気の秘密の買い物だったのだ。

「なるほどねえ」

と感心した。私はひとり暮らしだし、誰の目も気にせずに、好きなものを買えるけれど、家族がいるとなると、一人で外出したらしたで、どこに行ったのかと詮索され、アクセサリーが届いたのが見つかったら、どうしてそんなものを買ったのかなどと問い詰められないともかぎらない。働いていようがいまいが、家族は他の家族の金の使い方にはうるさいのである。

女性が収入を得ていない場合は特に、購入するとなったら、結婚前の自分の貯金やへそくりから代金を捻出するわけだが、その出所をあれこれいわれるのもわずらわしいものだろう。私の母親もパールの指輪を持っていたが、それはパートの給料を貯めて買ったものだった。父親は居職《いじょく》だったので、彼が都心に画材や洋書を買いにいった隙を狙い、宝飾品のセールスをしていた友だちを呼んで、ネックレスや指輪などの、二、三点をささっと買っては知らんぷりしていた。彼女のささやかなストレス発散だったのだろう。

小学生の頃、図書館にあった御木本幸吉《みきもとこうきち》翁の自伝を借りて、母親が買ったパールの指輪は、彼の大変な苦労と発想によって作られたのかと、感動したものだった。工場であこや貝の中に核を入れて真珠を作り出す作業のくだりは、どうしてそれがあのきれいな球になるのか不思議で、何度も読み返した。

私は男女関係なく、耳以外につけている過剰なピアスにはちょっと抵抗があるけれど、人それぞれ好きなアクセサリーをつければいいと思っている。ストリートファッション系の男性が、高価なシルバーのアクセサリーをつけていることが、ステータスになっていた時代もあったし、だんだん男性もアクセサリーをつけるようになってきた。なかには「金を持ってるど」的な、やたらと太い金のネックレスや大きな金印みたいな指輪をしているおじさんもいるが、あれは特殊枠なのでファッションとは別にしたい。男性で結婚指輪や時計以外の金製品を品よくつけられる人は、ほとんどいない気がする。

パールは長い間、女性専用といった意識が根強かったのに、最近は若い男性にパールなのである。パールは女性的な雰囲気を醸し出すものなので、男性には難しそうな気がしたが、アイドルの若い男性がつけていても、変ではなかった。最近のアイドルの男性は、顔つきが優しく、体つきは細めになっていて、ごついタイプはほとんどといっていいほどいなくなった。そんな顔立ちや体型だから、パールが似合うのだろうか。

雑誌で私が見たのは、タートルネックのセーターにパールのネックレスをつけ、オーバーサイズのカジュアルなシャツを羽織っている姿だった。アイドルの名前は忘れてしまった。遠目には白っぽい短いネックレスをつけているように見えたのだが、アップの写真でそれがパールだとわかったのだ。

先日もテレビで、繁華街で若者にインタビューをしているのを観ていたら、何人かの男性がパールのネックレスをしていた。シンプルな一連のものだけでなく、ネックレスの円周の半分がパールで、半分が金属のツーウェイタイプだったり、中央にひと粒のパールがついたチョーカータイプだったりと、デザインはいろいろだった。みんなセーター、Tシャツといったカジュアルな服装にパールをあわせていた。

若い彼らがつけているものの多くは、イミテーションだと思うけれど、インターネットで、老舗の宝飾店で男性用として売られているパールアクセサリーにどういうデザインのものがあるのかを調べてみたら、ほとんど女性用と変わらなかった。ネックレスの場合は金属部分が太めだったり、デザインが直線的だったりしたが、ピアスは男女とも同じようなものが多かった。値段はそれなりに立派だった。

なぜ男性がパールを身につけるようになったのかを考えてみた。以前、男性用化粧品が登場したのも、女性の市場の伸びが見込めず、新しい市場開拓として、子ども用化粧品が登場し、そして男性用が登場したのだと思う。営業職の男性は、第一印象が大事だからと、ファンデーションを塗り、アイブロウコスメを使って眉毛を整え、仕事用の顔を作っていると聞いた。男性がネイルサロンに通うようになったのも、その一環だろう。

それと同じように、すでにこれまでの販売市場が飽和状態になってきたので、女性の定番だったパールを男性にもという、戦略が練られたのではないか。男性用、女性用の垣根がなくなるのはいいことだが、男性にパールは、私のなかにはなかったので意外だった。女性がパールをつけるとフォーマル度が高まるけれども、男性がつけるパールはカジュアルな雰囲気になるのが面白い。

若い頃につけていたイミテーションパールは、気がついたときには球のコーティングが剝げてしまって、処分するしかなかった。値段の割にはよく働いてくれた、お買い得のネックレスだった。その後、三十代後半になって、本物のパールネックレスを買った。デパートの売り場に行って、ネックレスを見せてもらって、

「これ、ください」

といったら買えると思っていたのに、目の前に、

「そんなに？」

といいたくなるほど、パールが長い糸につながっただけのものを、何列も並べてくれた。

「パールはひと粒ひと粒色が違うので、似通った色を集めて糸を通しておくのです。お客様の好みの球の大きさ、色、長さがお決まりになったら、ネックレス用の新たな糸を通して、留め金をつけてお納めします」

といわれた。

グレーのベルベットの浅いトレイにずらっと並べられたパールは白のなかに黄みがかったもの、ピンクがかったもの、ブルーがかったものなど、ひとことではいいきれない色の差があった。天然のものなので、色が一律にならないのも当然なのだった。生まれ持った肌に対してイエローベース、ブルーベースという分け方があるが、イエローベースの人は、やはり黄みがかった色が顔映りがいいのかもしれないとそれらを眺めていた。

そのときに一本、フォーマル用に買い求めて、一、二度使ったけれど、そういった席には着物で出かけるようになったので、使う機会がほとんどなくなり、年下の友だちにあげてしまった。次に四十歳になった記念に、黒のバロックパールのネックレスを買っ

た。バロックは形が均一ではないのでカジュアルに使えるし、ネックレス自体はとても気に入ったのに、つけてみるといまひとつしっくりこなかった。そして数年前、とても小さい白蝶貝のバロックパールのネックレスを見かけ、重ねづけできる白とグレーっぽいものを二本購入した。Tシャツにもセーターにも合うので出番が多い。私にはきちんと形が整った球よりも、そうでないもののほうが似合うのもわかった。

毎日、アクセサリーをつける習慣がないので、他人にどう見えているかはわからないけれど、いざつけようとすると、どうも顔になじまない。これもふだんから親しんでいないと、身につかないようだ。ただ若い頃よりも、イミテーションではないものが似合うようになってきたような気はする。

黒のバロックパールのネックレスを購入したときに、ものすごく必要というわけではないのに、買う必要があったのだろうかと後悔しなかったわけでもなかった。しかしそれから二十数年経過して、やっぱりあのときに買っておいてよかったと思っている。その間、特に何かに関して努力した自覚はないし、買ったときよりも歳を重ね、明らかに顔が老け、たるんできたけれど、最近はバロックパールのネックレスをしても、違和感がなくなってきた。やっと天然パールの静かなパワーに見合う自分になったということだろうか。

これから先は何十年もないけれど、パールのアクセサリーをカジュアルに楽しんでつけていきたいと考えている。

不気味な植物と意外な訪問者

緑が濃くなってくると、とても気分はいいのだが、その時季は年々短くなり、すぐに梅雨がやってくる。湿気が苦手な私は、いつも梅雨時はどんよりしがちなのだが、最近は同じ体調の人も多くなってきたようで、自分だけじゃないと少し安心するようになった。

梅雨が過ぎると小さな庭の雑草がぐわーっと生長するので、また今年（二〇二三年）もやらねばと、ぼーっと庭を眺めていた。すでに様々な雑草が生長しはじめ、いずれは本格的な雑草抜きをするとはいえ、トラブルは早めに処理したほうがいいと、生長する前に雑草抜きをすることにした。

多くの雑草は抜けばすぐにさよならしてくれるのだが、さすがにドクダミの根性は相変わらずだった。引っ張ると想像もできないくらいの長い根がずるずると抜けてびっくりする。塀を隔てた隣家には、アカメガシワの木が茂っていたのだけれど、すべてがきれいに伐採されて、それ以降は新しく木は植えられていない。一方でうちの庭のマンサクの木の根元に、昨年（二〇二二年）とは違う雑草が姿を現していた。なかにはピンクの小さな花までつけているものもある。昨年には影も形もなかったのに、どこからどうやってここにきたのかわからない。とりあえず花が咲いているので、抜くのはやめにしておいたが、こんな小さなスペースでも、何らかの方法でやってきて、生育するものなのだなあと感心してしまった。

もうひとつは隣家のヤブガラシである。昨年は、放置されたままのそれらが出張してきて、覆い被されたうちのマンサクの木が辛そうだったのだが、雑草抜きをしたついでに、こちらのスペースに侵入してきた分を取り除いてからは、すっきりした。そして隣家がアカメガシワをはじめすべての木を伐採したのと同時に、敷地内のヤブガラシもすべて抜いたようだったので、これでもう目にすることはないと思っていた。しかし潜んでいたらしい隣家のヤブガラシの残党が、塀の上五センチくらいの位置から、こちらを狙っていた。隣家の土地にあるものには手を出せないので、

「これからどうなるんだろう」

と、毎日、様子をうかがっていた。するとそのヤブガラシは、自分の陣地にからみつくアカメガシワがなくなったからか、こちらのほうにくねくねと手を伸ばしはじめ、明らかにうちのマンサクの木をターゲットにしている。

「また来たか！」

である。雑草抜きをしたとき、ヤブガラシについて、「一度拡がってしまうと、その土地から完全に取り去るのは難事」と書いてあったと先述した。そのとおりに、全部抜いたと思っても、知らん顔をしてまた伸びてくる。この植物の執着心というか、覆い被さりたい植物があるほうに向かって、まるで心を持っているかのように伸びていくのが、

本当に不気味なのだ。

ヤブガラシについては、日々観察することにして、まずうちの建物の周りを歩いて、雑草があると片っ端から抜いていった。昨年よりも生えている場所が多いような気がした。向こうも抜かれたことに腹を立てて、より繁殖力が強くなったのだろうか。でも何事も早めにやっておけばという思いで、袋を片手に抜いていった。塀の上からこちらの様子をうかがっているヤブガラシを、

「こっちに来るなよ」

と横目でにらみつけながら、元気に生長しているドクダミやシダを抜いていったら、隣家との塀のところに二十センチほどのヤブガラシが、ちゃっかりと生えていた。こちらに居場所を固定されると困るので、いったいどこから生えているのかと、茎を引っ張ってみたら、隣家の庭からブロック塀の下をくぐって、こちらに遠征してきていた。抜こうとしても、まるで地中からものすごい力で誰かが引っ張っているかのようで、地面から五センチくらいのところで切れてしまい、まだ根が地中に残っている。きっとしばらくすると、こいつもマンサクの木にからみつこうとするに違いない。根絶はできないので、伸びてきたら切るを繰り返すしかないのだけれど、何とすさまじい生命力かと

驚くしかなかった。

　植物もそうだが、動物もたくましい。三週間ほど前、近所のスーパーマーケットに行くために歩いていた。三分ほどのところに十字路があるので、車が来ないか確認するために右側を見た。すると道路の真ん中を、ひょこひょこと歩いてくる動物がいる。明らかにイヌやネコではない。あれは何だとじっと目をこらして見ていると、アライグマだった。怯えているふうでもなく、私のほうを見ることもなく、足取りも軽く、

「ふふふふふ〜ん」

と鼻歌まじりで歩いているような感じだった。そして道路脇に建っている豪邸のフェンスの下をくぐり、当たり前のように敷地内に入っていった。そのお宅には広い庭があり、そこを住処《すみか》にしているのかもしれない。

　アライグマやハクビシンが、私の住む区内で目撃されているのは知っていたが、実際に見たのははじめてだった。晴れた日の午後二時すぎ、住宅地の道路をあんなに堂々と歩いているのかとびっくりした。彼らがいることで、弊害があるのはわかっているが、やっぱり見るとうれしかったので、

「御飯とかどうしているのかな。痩せてはいなかったけど」

などと、いろいろと考えた。しかし歩いているときに、外ネコと出くわしたことは一

度もないのに、なぜ初回がアライグマなのか、やはりこれは問題なのではないかとも思った。

そしてその五日後、今度は前に目撃した場所から道路一本、隔てたところで、またアライグマに遭遇した。このときは夕方で、道路をはさんで、向こう側とこちら側ですれ違ったのだが、あちらはまったく怯えるふうもなく、私がそこにいないかのように、平然とすれ違い、前とは違う豪邸の中に入っていった。どう考えても外ネコの目撃回数がゼロで、アライグマが二回というのはやはり変だ。私はネコの顔の区別はつくが、アライグマの区別はまだつかないので、以前に見た子とその子が同一なのか、別なのかはわからない。しかしこの周辺に最低一匹は、アライグマがいるのは、まぎれもない事実なのだった。

アライグマが、豪邸に入っていったところを見ると、そこが彼らには居心地がいい場所なのだろう。実はお住まいの方にかわいがられて御飯をもらっているのかもしれないし、住処を広い庭の一角に決めて、そこから出張して御飯を探しにいっているのかもしれない。しかしそのアライグマの堂々とした態度からは、どこか満ち足りたものを感じたのだった。

前に住んでいた同区内の住まいの近くでは、タヌキが出没するので、「タヌキ調査員」

の腕章をつけた人に、話を聞かれたこともあった。そのときは目撃したことがなかったので、

「見た経験はないです」

と答えたのだが、その後、ある施設の中を歩いているのを見た。そのときのタヌキはアライグマほど堂々としていなかった。それに比べてあのアライグマのゆったりとした落ち着いた態度は何なのだろうかと、不思議な気持ちだった。

今の住まいはペット禁止なので、たとえばネコが姿を現しても、交流は求めずに静観するにとどめようと決めていた。それでも姿は見たいので外ネコがやってきてくれないかなと、期待はし続けている。そして昨年、一匹目のネコさんが来てくれた。そして今年になって、飼いネコらしきキジトラさんが来てくれた。来てくれたといっても、うちのテラスに座り、周囲を見回した後、ゆっくりと歩いていった程度である。しかし私はそれをじっと見ては、

「来たあ、新しいヒトが来たあ」

と喜ぶ。彼らが外に出たときに、うちの庭を経路にしてくれていることがうれしいのだ。そしてその後、雨上がりに新顔の茶白さんが来てくれた。このヒトは外ネコのようにみえたが、ゆっくりとうちの庭を通過していった。だんだん外ネコさんファイルも増

えてきて、近所にいるのがわかってうれしかった。

そんなとき、明け方に不規則な、カタン、カタンという音で目が覚めた。私は寝たまま、カラスが木製の何かを咥《くわ》えてきて、テラスで遊んでいるのかなと思っていた。しかしそれが長い間続いているので、気になって寝室の窓からカーテンを開けて様子をうかがった。すると、アライグマがうちの庭箒《にわぼうき》を咥えて、ぶんぶんと振り回しているではないか。私が目撃したアライグマと同一なのかはわからないが、同一でなかった場合は、えらいことである。

その箒は職人さんが作ったもので、結構、値段が高かったのである。それにじゃれついて、咥えては放り投げを繰り返している。テラス一面に、抜けたシュロが散らばり、ものすごいことになっていた。わっと思ったが何もできず、そのまま見ていると、気が済んだのか私には気がつかないまま、ほどなく姿を消した。

「ええーっ、なんで?」

と驚いたものの、すぐに起きたとしてもどうしようもないので、私は再びベッドに横たわり、そうか、あの音はアライグマが遊んでいる音だったのかと思いながら、小一時間寝てしまった。

朝御飯を食べた後、ゴム手袋をしてテラスの上に放り投げられた箒で、一面に散らばったシュロの穂を掃き集めようとすると、掃くたびに箒のシュロが抜け落ちた。相当、奥のほうまで噛みちぎっていたらしい。掃いても掃いても減らないシュロに閉口しながら、やっとテラスの掃除を終えた。箒を立ててその前にちりとりを立てかけておいたのに、それをはずしてまでアライグマは箒を咥えていた。アライグマにとって、職人が作った箒が、どれだけ魅力があったのかわからないけれど、遊びたくなるような素材だったらしい。

私は立てかけておいた箒を横にして、その上にちりとりをのせて、テラスの隅に置いた。これでもういたずらはしないだろうと思っていたら、三日後の明け方、再び音が聞こえてきた。まさかと思いつつ、窓からのぞいてみると、またアライグマが箒を振り回してはしゃいでいた。そしてぶんっと咥えた箒を勢いよく口と手で放り投げた後、また姿を消した。今回は被害は少なかったが、またテラスは抜けたシュロの山になった。

動物が遊びに来てくれるのはうれしいが、これはちょっと困る。これからテラスに花の鉢植えを並べようと考えていたのに、このような状態では中止しなくてはならない。箒も処分せざるをえなくなってしまった。アライグマには罪はないので、こちらが防衛しないといけないだろう。そして今年、花が咲いた雑草を調べてみたら、ムラサキカタバミという種類で、過去に「環境省により、要注意外来生物に指定」されていたとあるではないか。

この時季、会う人のほとんどが、体調がいまひとつという。多くの人が、本調子ではないと考えているのに、動物、特に雑草やアライグマなどの野生のものは絶好調である。彼らのパワーを少しでも見習いたいものだと思いつつ、いまひとつ湿気にめげてパワー不足の私なのである。

五年ぶりの風邪と夏を過ごす方法

すこぶる元気とはいえないまでも、蒸し暑い猛暑日続きの夏を、何とか過ごしていたのに、五年ぶりに風邪をひいてしまった。他人との接触はほとんどなく、人が集まる場所にも行っていなかったので、新型コロナウイルス感染症ではなさそうとは思ったが、やはり風邪をひいたとなると、いい気分ではない。

前日、風呂上がりに、少し暑い気がして、それまでずっとドライにしていたエアコンを、冷房に切り替えた。設定温度は二十八・五度である。しかし冷房に切り替えたとたんに、

「ああ、寒い」

と一瞬、感じたので、カーディガンを羽織り、膝掛けを掛けたものの、五分ほどでやはり冷房はやめようと、ドライに切り替えた。そしてそのまま小一時間ほど過ごし、エアコンはドライのまま、三時間後に切れる設定にして寝た。

そうしたら次の日、目覚めると妙な感じがしたが、頭は痛くないし、節々が痛いわけでもないし、鼻水、くしゃみが出るわけでもない。ただ喉が少し、いがらっぽい感じがあった。これは毎年、エアコンをつけた当初に起こる私の体の状態だった。違和感はあるものの、飲食しても喉の痛みなどはなく、のどアメを舐《な》めたりしながらならしているうちに、いつの間にか治まっているのを繰り返していた。

私は毎日、体調チェックのために、脈を測るようにしているのだが、ふだんよりもずいぶん速い。試しに体温を測ってみたら、三十七度ちょっとの微熱がある。私はほとんど熱が出ない体質なので、

「熱が出た！」

とびっくりして、これは大変と、漢方の先生に連絡をした。

数日間、他人との接触はなかったこと、昨夜、冷房にしたら寒いと感じたこと、体温と脈拍数を話したところ、

「寒いと感じた瞬間に、入り込まれちゃったんですね。体内に熱が溜まっているので、とにかく温かい食事を摂って、汗を出すように。汗を出さないと深部体温が下がらないから」

といわれた。風邪用の漢方薬「麻黄湯《まおうとう》」は、常備薬として手元に置いているので、それを服用するようにした。

「体温計の体温も大事ですが、脈拍にも注意してください」

年齢によっても違うらしいが、私の年齢では脈拍が七十台ならば問題ないそうだ。私の通常の脈拍は六十から六十五で、そのときは八十四から八十八の間だった。動悸もしなかったし、ふだんと変わらず動ける範囲の体調だった。

しかし万全とはいえない体調だとわかったら、養生するしかない。ただ頭痛や倦怠《けんたい》感がまったくなかったのが幸いで、それで毎日、普通に仕事を続けられた。それでも時間を短く、午後三時頃には仕事をやめ、夜の九時に寝るのを続けていた。朝、窓を開けて空気を入れ換えた後、エアコンを入れて室温が下がると、半袖のTシャツの上に、薄手の長袖カーディガンを羽織り、風呂上がりのパジャマの上にも羽織るようにした。その結果、三日後には三十六度四分の平熱に戻ったけれど、まだ脈拍は七十台とやや速かった。

私はどうして体に熱がこもり、風邪をひいてしまったのかを考えた。今年（二〇二三年）は早い時期から猛暑日が続いていて、とにかく熱中症予防をしつこくいわれ、自分でも気をつけていたこともあり、体を温めるという重要な事柄について、多少おろそかになっていた。いつも夏でもちゃんとお湯を沸かしてお茶を淹《い》れ、今年もそうしていたのに、その合間に水を常温で飲むことも多くなっていた。食事も冷たいものだけで済ますことはなかったけれど、夕食に必ず冷奴を四分の一丁ほどつけていたし、熱々の料理は少し冷ましてから食べていた。

寝るときもエアコンをつけっぱなしにすると喉をやられるので、タイマーをつけて夜中の二時頃に切れるようにしていた。防犯上、開けておいても大丈夫なしくみになっている窓は、開けてである。その結果、朝、起きるまでにエアコンをつけていない時間帯があるので、睡眠中の熱中症予防も兼ねて、寝るときにはタオルよりもずっと薄いケットを掛けて寝ていた。

友だちにいろいろと話を聞くと、エアコンをドライにしただけでは、とてもじゃないけれど暑くて寝ていられないという人が多い。ある人はとても暑がりなのだが、寝るときには、エアコンの冷房を二十五度設定にして、パジャマの上にトレーナーとジャージを着て寝ているという。室内の空気を冷やし、体を温めて寝る方式で、重ね着して寝ないと、体が冷えすぎてしまうのだそうである。しかし室温を上げると、今度は寝られない。人それぞれ、寝るときに心地よく感じる室温があるのかもしれない。やはり寝ているときに寒く感じるのはよくないと思われるので、着る枚数を増やしたりする微調整が必要なのだろう。

前述したように、室温が三十五度にもなっているのに、エアコンをつけずにいるシニアはとても危険なのだけれど、服を着込んで体を温めて室温を低くするというのも、正直いってちょっと変だなとは思う。でもシニアは自分の体感は信じないほうがいいらしいので、医学的に適温、適湿度とされている数値に、おとなしく従ったほうがいいのだろう。

今回も、食欲が落ちなかったので、ふだんと同じように食事をし、ただ風邪の薬だけ増えた毎日だったのだが、不調を感じた初日の夜は、一時間ごとに目が覚めて、トイレに行った。寝るときは薄手のケットのみをやめて、自分としてはちょっと暑いのではないかと思いつつ、その上にタオルケットを重ねて寝ていた。私はベッドに入ると、ほとんど途中でトイレに立つことはないのだけれど、一時間おきに四回も行き、結構な量の水分が排泄《はいせつ》されるのを見て、体に水が溜まっていたのがわかった。熱中症予防のためにと飲んでいた余分なものが排出されず、体を冷やして風邪という結果になったのに違いない。

多少、気温が高くても、買い物に行く必要があるときは外を歩いて、ずいぶん汗をかいていた。家に帰るとぬるま湯に浸して絞ったタオルで体を拭いて、服を着替える。そういったことはこまめにやっていたのに、それでも汗は出きっていなかった。本来ならばもうちょっと体を動かしたほうがよかったのだろうし、食事の面でも熱いものをふうふういいながら食べて、汗を流したほうがよかったのだろう。

しかし世の中では、あまり熱いものを食べると食道に負担がかかるなどといわれているので、熱々のものを食べることはあまりしなくなったのは事実である。ただ私は夏の暑いときに、冷たいものを食べるよりも、熱いものを食べるほうが好きなので、汗を出すことを第一に考えておけばよかったのかもしれない。

大量に水分が排出できた翌朝は、いつものように御飯と味噌汁で朝御飯を食べた。御飯も炊きたてなので温かい。味噌汁には夏場の定番のモロヘイヤとオクラ、その他、えのき、油揚げ、極小高野豆腐、切り干し大根、キクラゲ、わかめ、豆腐を入れた。食べはじめたとたん、汗がどーっと出てきた。暑い、暑いといいながら完食すると、タンクトップもTシャツもびしょびしょに濡れるほど汗が出て、それをすぐに着替えて、ほーっと息をついた。


あれだけ水分が出たのに、朝、まだこれだけ汗をかくなんて、外に出さなくてはならない水分が相当溜まっていたのだ。もともと体内に水が滞りやすい体質で、水分の摂り方がとても難しいのだけれど、熱中症との兼ね合いをどうしたらいいのかと、いつも夏になると迷う。こればっかりは自分の体感で考えるしかなく、今年は、私は水分を摂り過ぎ、排出が滞っていたということになるのだろう。

寝具を厚くしてから、朝起きたときの感覚はよくなっていた。今までは寝ている間に、少し体が冷えていたようだ。こういうことも体調を崩さないとわからないし、反省点も見いだせない。自分でもうすうす、汗をかききっていないのはわかっていたけれど、かといって熱中症の警戒アラートが発令されているときに、外で慣れない運動をするのはとてもじゃないけどできない。

日が落ちてからの散歩というのも、大嫌いな蚊に襲撃される怖《おそ》れもあるし、この年齢でどのような生活を送れば、体調不良にならないのかが、まだよくわかっていない。ただ体の芯を温めて冷やさず、汗をかいて余分な水分を出して、ちゃんと食事をして栄養を摂取するのが必要なのはわかっているのだが。

とにかく朝は味噌汁、昼は肉と野菜を煮たもの、夜はスープと、体を温めて汗を出すことに気をつけていたら、脈もだんだん落ち着いてきた。しかしいちばんびっくりしたのは、高熱で苦しい思いをしたわけでもなく、寝込んだわけでもなく、ふだんと同じように食べ、ただ寝るのを早めにしていたら、体重が二・五キロ以上減っていたことだった。数値を信用していいのかわからないけれど、私が使っているヘルスメーターは、体重を測ると体水分量も表示される。風邪をひく前は、その体水分量がふだんよりも多めになっていたのはわかっていた。増えたなとは思ったが、それでも水分を減らそうとは考えなかった。熱中症のこともあったし、自分ではそれほど大量に摂っている意識がなかったからだった。

多いときは、体水分量が五十四パーセントだったが、その日は四十六パーセントにまで落ちていた。そして、ふくらはぎから足首にかけての、むくんでいたような感じがすべて解消され、細くなっていた。これはとてもラッキーだった。

高齢女性の足首を見ていると、ぽてっとまっすぐな感じになっている人が多く、外に出て歩かなかった日の私の足も、夜になると何となくそんな傾向があった。明らかに水分が溜まって、夜になって日中の重力に負けて、足がむくみがちになってしまうのも仕方がないことだし、ある程度は、加齢による現象なのかもと考えていた。しかしそれが風邪の副産物として解消されたのである。

症状としては軽く済んだものの、風邪をひいたのはいやだったけれど、お風呂に入ってマッサージをしても、あまり効果がなかった膝下がむくんだ感じが、まったくなくなったのは怪我《けが》の功名だった。体重は一・五キロがすぐに戻り、足の状態もキープしている。減った分の何割かが、この足に溜まっていた分なのは間違いない。でもきっと気をつけないと、すぐ元に戻ってしまうような気がしている。

今回の風邪で、これからの残暑と、これからの夏を過ごす方法がちょっとだけわかった。水分を摂り過ぎず冷えたものはほどほどに。常温のものもなるべく控え、体の芯を冷やしすぎて余分な熱が溜まらないように、そして汗はちゃんとかくという、難しい毎日を送れるように、日々、考えて暮らしていきたいと思ったのだった。

暴風雨と
ねずみ男

季節的に雷や夕立があるのは覚悟しているけれど、年々、ゲリラ豪雨をはじめ、雨の降り方がひどくなっている。ゲリラ豪雨も私が若い頃にはなかった言葉だが、最近は線状降水帯という言葉も出てきた。人知の及ばないところなので、文句をいっても仕方がなく、こちらのほうで対処するしかないのだが、竜巻注意報まで発令されるようにもなり、なかなか大変な状況である。

少し前まではとてもいい天気だったのに、あれよあれよという間に青空に暗灰色《あんかいしょく》の雲が押し寄せてきて、ものすごい量の雨が降る。裏切られたような気持ちになって悲しくもあり、ちょっと腹立たしい。一般の道路が冠水して川のようになったり、床上浸水したり、ピンポン球のような雹《ひょう》が降ったりと被害も多々起きている。そんな話をしていたら、都心に会社がある編集者が、

「会社にいたら、雹が降ってきてびっくりしました」

といっていたので、私もびっくりした。まさか都内の、それも中心部でそんなことになっていたとは知らなかった。ニュースにもならなかったところをみると、本当に局地的な短時間の出来事だったようだ。このように一日のうちで、天候がどうなるかわからないので、外出する際は、天気予報で完全に晴れとならない限り、日傘にもなる晴雨兼用のものを持って出る。問題なのはすでに大雨のなか、外出しなくてはならないときで

ある。

私はコート好きということもあり、レインコートは必ず持っていた。しかし年々、重いものが体に負担になってきたので、数年前、軽いものに買い替えた。ウエストを絞ったデザインのもの、装飾過多のもの、花柄プリントのものなどを避けると、男女兼用で小さいサイズを選ぶしかないのだが、素材が男性用に寄りがちなので、綿のものよりは軽いけれど、それなりに重さはあった。それでも最初の何年かは大丈夫だったのだけれど、その重ささえしんどくなってしまった。その後もより軽いものをと、目についたものを試着してみたけれど、これといったものは見つからなかった。


勤めていた若い頃は、お金を貯めて昔からある定番のレインコートを着ていたけれど、今の私にはそのしっかりした綿の布地の重さが、辛くなるのは間違いない。最近はそういった定番のコートを着ている人を見かけなくなり、まだ販売されているのかと、インターネットで調べてみたら、新品で何十万という価格になっていたので仰天してしまった。これではあまり見かけなくなったのも当然だとうなずくしかなかった。

そんなときたまたま、日本人なら誰でも肌着などを一枚は持っているであろうメーカーのサイトを見てみたら、レインコートがあった。海外ブランドとのコラボ商品とのことだった。レインコートまであるとは知らず、早速、見てみると、私の思い描いていた好みがすべて反映されているデザインだったのである。無地で色はブルー、フード付きで前はボタンではなくジッパーで上下から開けられるようになっていて、膝下丈で袖口はゴムで締まっている。男女兼用でシンプルなデザインなのがよかった。おまけに価格がとてもお手頃だった。ただ素材がナイロンとポリエステルなので、プラスチックをなるべく避ける観点からいうと、バツなのだけれど、前期高齢者が行動するためには便利なものだからと、自分を納得させた。届いた品物はサイトで見て想像していたよりもずっと質がよかったので、それ以来、愛用している。残念ながら現在は販売されていないようである。

傘に関しては、ゲリラ豪雨という名称が出はじめてから、ニュージーランド製の、風をうまく逃がす構造になっている、耐風用の傘を購入して備えていた。大風、大雨のときにそれを使うと、たしかに効果を実感していた。その傘が使用の限界を迎えたので、二年前に新しいものに買い替えた。前の傘と持ち手が違う以外は、効果に大差がなかったのだが、私の体力のほうに問題があった。

その傘はちゃんと仕事をしているのに、持つ私の腕の力が前にも増して弱くなった。傘は暴風雨のなかでも、風に耐えて煽《あお》られることはないのに、そのかわりにさしている私の腕が、肩から持っていかれそうになる。傘は大丈夫なのに、私の握力、腕力がもたなくなってきたのがよくわかった。たしかに風が強いときにさしていても、傘自体に不都合が起きたことは一度もない。不都合というか、不安を感じはじめたのは、ひとえに私の腕力の低下のせいなのである。強風に耐える傘を持つには、それだけの腕力も必要なのだった。

先日、午後から暴風雨という予報の日に、昼から出かけなくてはならない用事があった。レインコートを着、足元は防水仕様の靴、耐風傘をさして家を出たが、雨の量も多く風も強かったけれども、家から駅までは何の問題もなかった。この程度だったら大丈夫そうだと、電車で十分ちょっとの最寄り駅に着いたとたん、雨と風がひどくなり、暴風雨になってしまった。

それでも私には、このレインコートと傘があると、そこから徒歩十二分ほどの目的地まで歩こうとしたのだが、幹線道路沿いでビルやマンションが多いこともあり、ビル風がひどかった。後ろから強い風が吹くと、自分の意思とは関係なく、急いでもいないのに早足になるし、横道からは回転するような強風が吹きつけてきて、何度も風が吹く方向を確認して、立ち止まらざるをえなかった。

私はできる限り歩く癖がついているので、そんなときでもタクシーに乗ろうとは思わない。無理をせずにタクシーを使えば、あたふたしないで済むのかもしれないが、どうも気楽にタクシーを使う気にはなれない。しかしこれからは無理をしないことも必要になるだろうし、腕力が衰えているのだから、あまり自分の脚力も過信しないほうがいいのだろうなと思いながら、暴風雨のなかを歩いていった。

交差点で止まっていると、そこここでさしているビニール傘が崩壊した人を見た。横断歩道を渡っている男性が、突風に煽られてしまい、

「あっ」

という声と同時に、手からビニール傘が後ろにふっとんでいった。幸い歩行中の人たちや、停車中の車やバイクには当たらず、道路に落下したのでまだよかった。壊れたビニール傘は凶器になるとも聞くし、たしかに変形し、ほぼ針金状のものが四方八方に剝《む》き出しになっているものが、飛んでいくのは本当にあぶない。

ビル風が舞うなか、ぎゅっと傘の柄を握りしめて歩いていたら、ビニール傘をさした女性が二人、向こうから歩いてきた。ＩＤカードを首から提げているところを見ると、近所の会社に勤めているらしい。彼女たちは軽装で、レインコートはもちろん着ていないし、一人はスカートにパンプス、もう一人もパンツにスニーカーという姿で、すでに

スカートやパンツはびしょ濡れになっていた。そして横から強いビル風が吹く場所にさしかかったとたん、

「バッ！」

というものすごい音がして、一瞬で彼女たちのビニール傘のビニールだけが、ちぎれて飛んでいった。びっくりして私は立ち止まったが、彼女たちも骨だけになった傘を手にしたまま、お互いに顔を見合わせ、そしてはじかれたように、「やだー」「わー」と叫びながら、骨だけになった傘を持って走っていった。私は強風でぐらつく傘の柄を両手で必死に握りながら、彼女たちはあのままでどこまで走るんだろうかと、暴風雨のなか走っていく二人を振り返って見ていた。

目的地まであと半分という距離になったところで、ますます風雨はひどくなってきた。さすがに耐風傘でも、下から煽られるようになり、柄を力をこめて握っている私の手もしびれてきて、限界が近づいていた。これは無理をして傘はささないほうがいいと諦めて傘を閉じ、レインコートのフードをかぶることにした。すると暴風雨のなかをずんずん歩けて、何と快適なことかと感激したのである。

風に対して抵抗するものがないので煽られることもなく、コートが雨をはじいてくれる。顔面への被害を最小限にするには、フードに通されているコードを絞れば、最低限

の視界は確保できる。この格好は雨の日に外で作業をしなくてはならない人の姿で、これがいちばん合理的なのがはじめてわかった。子どもの頃、フードつきの黄色いレインコートで、雨のなかを歩いたことも思い出した。途中、おじさんにちらりと見られたけれど、そんなことはどうでもよかった。自分さえ飛ばされなければ問題もないと、何だかうれしくなってきたのだった。

道中、私と同じ格好をした、配送や警備の人など、男性は何人も見かけたけれど、女性は一人もいなかった。みなさんきれいな花柄の傘を持ち、必死に前屈《まえかが》みになって歩いていた。なかにはお気の毒にビニール傘ではない、ちゃんとした傘を吹き飛ばされた人もいたし、折りたたみ傘が煽られて、おちょこ状態から戻らなくなり、用をなさなくなって困っている人もいた。

しかし私は閉じた傘を手に、ずんずんと歩けた。体重が軽い高齢者だと、暴風で飛ばされて怪我をする人も多いらしいが、私の場合は体重がそれなりにあるし、何より下半身が安定しているので、それくらいの風ではびくともしなかったのは幸いだった。傘を持っていたら煽られてバランスを崩し、転んでしまう可能性もあったと思う。

自転車に乗っているときには傘がさせないので、ハンドルに固定する傘立てというものが売られている。以前は実際に乗っている人を何人も見かけたけれど、便利なようだが風に煽られると自転車ごと転倒する可能性があって危険だし、そもそも多くの都道府県では条例違反にあたるようだ。私の耐風傘と腕力の問題も同じで、便利だからといって快適に使えるわけではないのである。

私はねずみ男のような、フードをかぶった格好でやっと目的地に到着できた。暴風雨のときの新しい発見だったが、さすがに傘を持たずに家からこの格好で出かけるのはためらわれる。しかしやむをえない事情で、風雨が強い日に出かける必要があるときは、これからは傘プラスねずみ男方式でいけばいいと新しい知恵を得たのであった。

スマホ記事と おばちゃん レッテル

今はそのニュースアプリを削除してしまったので、目にすることはなくなったのだが、スマホを買ってすぐ、ニュースを知るのも必要だろうと、しばらくの間、そのアプリを使っていた。私はニュースのみが随時流されているのではと想像していたのだけれど、ニュースだけではなく、様々な雑誌やサイトからの、ニュースとはほとんど関係のない記事の抜粋のほうが多かった。カテゴリーに分けられていれば、そこを見なければいいのだが、知りたいニュースの合間、合間にそれらが差し込まれているので、つい見てしまっていた。

それを眺めていると、「こういうヘアスタイルはおばさん」「こういうコーディネートはおばさん」「こういう態度はおばさん」などなど、おばさんにならない「知恵」が盛りだくさんなのだった。明らかに四十代以降の女性をターゲットにしたものばかりで、他には今、家を売ったらいくらになるか、などといった、シニア層を狙ったものもあった。このスマホを所有している私の性別、年齢などのデータを把握していて、その人の心に刺さりそうなものが、ずらずらと流れてくるのだった。

(だからスマホはうさんくさい)

と画面を眺めながらため息をつくしかなかった。

おばさんにならないために、というテーマでは、これまでは必ず、カラーリングをせずに、白髪を放置している女性が槍玉《やりだま》に上がったものだが、最近のグレイヘアブームで、その手の話はほとんど出てこなくなった。この手の記事のそういうところもいやだ。白髪は絶対に染めたいという人も必ずいるわけで、そういう人たちの意見も尊重したい。そちら側につくのであれば、カラーリングをしないのはだめだといい続ければいいのに、それをしない。世の中の様子をうかがいながら、いつもどっちに動いたら得かと考えている。これといったポリシーが送り手側にないのがいやなのだ。女性の年齢なんて関係がない、何歳になっても自分らしく生きている人が素敵なのだ、などといっているくせに、一方ではこういう記事が蔓延《まんえん》している。外見の問題だけではなく、女性を取り巻く環境のダブルスタンダードはひどいものなのだ。

そんなだらだらと流されるスマホの記事を眺めては、

「ああ、うるさい、うるさい、お前たちは本当にうるさい！」

と怒りがこみ上げてきた。これは私の場合だが、おばさんといわれるのがいやなのではなく、妙な定義づけをしてくることにうんざりするのだ。私が若かった何十年も前から、何も変わっていない。私も若い頃に、おばさんに対して好意は持っていなかったが、それは彼女たちの振る舞いや、身だしなみの放棄に近い様子が見苦しかったからである。

時代は流れ、編集する人の世代は替わり若くなっているはずなのに、昔と同じことを繰り返している。

そういう記事のひとつに「アメをバッグに入れて、たくさん持ち歩いているのがおばさん」とあって、

「アメを持っていて何が悪い！」

とむっとした。私は大量にではないが、いつもバッグにいくつか入れている。おばさんの体には脂肪がたっぷりついているのに、なぜか体の内外は乾燥するのだから仕方がないではないか。皮膚には油分を塗り、喉に潤いを与えるためにアメを舐める。

「どこに問題が？」

といいたくなる。おまけにおばさんにならない、アメを持たない対処法が、

「フリスクに替えましょう」

というのでは、ばかばかしすぎて、

「はあ？」

としかいいようがない。アメとフリスクでは、フリスクのほうがお洒落《しゃれ》だからだそうだ。アメとフリスクは根本的に用途が違うのがわからないらしい。

たしかに若い頃に大阪に行ったとき、見知らぬおばちゃんから、

「おねえちゃん、アメちゃんあげよか」
と何度かアメをもらったことがあった。それはとてもうれしかったし、それによっておばちゃんに対して不愉快な思いをしたこともなかった。うれしさのほうがずっと勝《まさ》っていたのだ。

どうでもいい形ばかりの話を書く、薄っぺらいライターにうんざりしてしまった。しかしもしかしたらライターも、こんな記事を書きたくもないのに、生活のために書かなくてはならないのかもしれないなあと思った。インターネット記事のライター事情はまったく知らないので、私が見聞きした限りでしかないのだが、ある有名人の悪口を書いてくれなど、人の足を引っ張る記事を依頼されることもあるらしい。

数年ほど前に問題になっていたが、健康関連のサイトで、ひどい肩こりは幽霊が原因のこともある、などとライターが書いていたという話もあった。そのサイトがどうなのかはわからないが、インターネット記事の原稿の報酬が、一テーマで五百円といったひどさのところもあったと記憶している。物を書きたいという人たちの弱みにつけ込んで、意に染まない記事を安い原稿料で書かせても平気な、図々《ずうずう》しい輩《やから》がいるのだ。お金のためなら何でも書くというスタンスの人であれば、そういう仕事を引き受けるのに他人があれこれ口出しすることはできないが、それを世の中に出すのに罪悪感はないのだろうか。署名原稿ではないし、内容がどんなものでも、自分の書いた文章が、インターネットで流されれば、それで満足なのだろうかと思う。

私はデビューしてすぐ、高名な女性誌から、「結婚した女性は勝利者」という原稿を書いてほしいと依頼された。それは私が考えていることとは真逆なので、もしかしたら他の人と勘違いしているのではないかと思い、

「私の書いたものを、お読みになったことはおありでしょうか」

と聞いた。すると電話口の編集部の男性は、

「わかっています。語り口がとても面白いので、ご意思を曲げて書いていただければ」

といったので、びっくり仰天した。大手出版社の編集者に、こんな人間がいるのかと驚くしかなかった。今はいないと信じたいが、平気でこういうことをいってくる編集者がいたのだ。

問題のある記事を書いたライターは、依頼してきた人の企画に沿って書いたのだろう。それに何の疑問も持たなかったのだろうか。想像するに原稿料も高額だったとは考えられず、いったいどうしてそんなことになってしまうのかと情けなくなるばかりだ。

根本的には、おばちゃんレッテルを貼る内容を依頼する側に、大きな問題がある。

「こんなことをしていると、みんなにおばさんって思われますよ。それっていやですよねー」

とにやにやしている顔が目に浮かぶようだ。CMには人を不安にさせて商品を売るものがあるが、こういった記事も、人を不安にさせて目を引き、記事を読ませようとする。我々がそれを読むことによって、誰かが潤うしくみになっているのだろう。

図々しい態度だとか、周囲の状況を顧みない大きな声だとか、迷惑がかかるような行動は別問題だが、おばさんは堂々とおばさんでいいのである。どんなにがんばってアメをフリスクに替えてバッグに入れたとしても、若返るわけではない。私はおばさんよりも、早くおばあさんになりたかったので、加齢によるおばさん化にも抵抗せずに、少しでも早くおばさん年代を通過したいと考えている。どうしてもこういった記事が気になって、何から何までおばさんになりたくない人には、

「どうぞ、世の中や人目を気にしてお過ごしください」

としかいいようがない。おばさんにならないためのヘアスタイル、コーディネート、持ち物、しぐさなどを書きつらねたあげく、なぜおばさん化するとだめかというと、

「それだと男性にもてない」

が結論だった。ご丁寧に記事中には、中年女性にがっかりしている若い男性の意見まで掲載されていた。

こんな企画を出した人たちは、世の中のおじさん、おばさんたちが、どれだけ恋愛をしているのかを知らないらしい。私はこの件については当事者ではないが、若い人よりも中高年のほうが積極的で、「薄毛と三段腹」「加齢臭とたるみ」が恋人関係にあったりする。このほうが人類愛が感じられ、人の姿として美しいではないか。毛量がたっぷりある男性と、巻髪でフリスクを持っている女性ばかりが、恋愛するわけではない。

体形、性格を含めて、相手が欠点だと思っているところを愛《め》で、内面で修正するべきところがあれば、お互いに話し合って、よりよい方向に持っていくのが、愛情ではないかと思うのだが、いくつになっても、外見のことばかりでは呆れてしまう。結局、企画側の人間が、そのような価値観でしかないか、そういう事柄しか頭に浮かばない、想像力が足りない人たちなのだ。

「人としての愛情がわかりもしないくせに、外見のことばかり書くんじゃない」

と私としては腹が立つばかりだが、一方で、このような脅しともいえる記事を見て、

「まったく、そのとおりだわ」

と納得して、バッグの中からアメを取りだしてフリスクに替え、補正下着に下腹の肉

を押し込み、自分の好みとは違う服装をして、辛い思いをしながら、ハイヒールを履くのも、その人の自由である。

だいたい、記事を発信している側も、責任なんかないから、おばさんになろうがなるまいが、どうでもいいと思っているに違いない。とにかく読ませるのが第一で、そうすれば儲《もう》かるしくみになっているのだろうから、私がたまたま読んでしまったことも、彼らにとってプラスになったのかと思うと、アプリを削除した今でも、思い出しては腹が立ってくるのである。

財布事情と現金主義

三年間使い続けていた財布を処分しなくてはならなくなった。よく年が変わるごとに財布も替えるものだという話があるが、私は壊れたり、使うのを躊躇《ちゅうちょ》するようになったりするまで使う。この財布は二十年ほど同じタイプを愛用していて、使用不可になると、そのつど同色、あるいは色違いを、購入して使っていた。某ブランドのもので、ジッパーで三方が開き、外側にポケットがついていて、エナメル加工のものだった。

私がエナメル好きということもあるのだが、多少の汚れも布で拭けば取れるところが気に入っていて、これまでの財布も、汚れると外側を薄めた石けん液で拭いて、大切に使っていたのである。たとえばジッパーが壊れたとか、本体が何らかの衝撃で傷ついたのなら諦めもつくが、財布が使えなくなった今回の理由は、何とも情けない出来事だった。

その日、いつものようにエコバッグの中に、財布と手ぬぐいを入れて、近所のスーパーマーケットで買い物をして帰ってきた。そしてひとつずつ確認しながら、冷蔵庫に入れようとしたら、財布のジッパーの部分がべっとりと濡れている。水が出るようなものは買っていないはずなのにと思いながら調べてみた。

肉や魚を買っても、スーパーマーケットに置いてある、薄手のビニール袋は使わないようにしている。すでにラップで覆われているし、エコバッグに入れるときに、水平が保てるように気をつければ、問題ないと思っていたからである。

「これも水は出ない。こちらのパックも水が出た形跡はない……」

と調べていったら、パックが濡れているものがあった。

「これだったかっ」

それは厚揚げのパックだった。どうして厚揚げからこんなに水がしみ出たのかはわからない。濡れたのがエナメル加工された財布本体だったら、水拭きすれば何の問題もなかったのだが、そこは濡れておらず、ジッパーの布地の部分だけがべっとりと濡れていて、どうすることもできなかった。干して乾かせば使える可能性はあったかもしれないが、濡れた部分を嗅ぐと、うっすら油の匂いがしたので、がっかりして使用を諦めたのである。


そこで新しい財布をと思い、購入したブランドのサイトを見たら、同じものはなかった。インターネットであちらこちら検索してみたが、どこにもヒットせず、どうやら製造中止になったようだった。同じ型でエナメル加工ではない、カーフ素材のものはあったけれど、汚れたときに処置が難しいのでやめておいた。

世の中に長財布はたくさんあるけれども、何でもいいというわけではない。考えなくてもジッパーを開けたりする手順を体が覚えているので、作りが違うものは、使うときに指がいちいち戸惑ってしまいとても使いにくい。そこで使っていたデザインと同じものを、ただひたすら探しまくった。

そうするうちに似たものが見つかり、そのサイトを見てみたら、購入者のたくさんのコメントが並んでいて、評価が高い。へえと思いながら読んでみると、そのコメントの全部といっていいくらいに、「一粒万倍日」という言葉が書いてあった。それを見た私は、

「一粒万倍日って何だ？」

と首を傾げたのだった。

調べてみたら、一粒万倍日は、一粒の籾《もみ》を撒くと、何万倍にもなる日だそうで、結婚式やお祝い事に選ばれる日であるという。またトラブルがあると、それも何万倍にもなるらしく、マイナスと考えられる行動は避けたほうがいいらしい。毎月四、五日、一粒万倍日があるようだった。漢方薬局に通うようになって、六曜の載った暦は購入していたが、注意して見るのは年に四回の土用だけで、たくさん記載されている、他の細かい事柄は、面倒くさいので無視していた。どうやらコメントを寄せた人たちは、その吉日に財布を買うことによって、お金が何万倍にもなるのを期待しているようだった。私のように買いたいときに買うような人間は、そういった恩恵にはあずかれないのだろう。結局、そのメーカーの財布は、エナメル加工のものは飾りがついていたり、色が好みで

はなかったり、ステッチが目立っているのも好きではないので、買うのはやめにした。

財布に関しては、毎年買い替えたほうがよいという話と、風水の黄色の財布はお金が貯まるという話も聞いたことがあった。今回、原稿を書くので確認してみたら、実は黄色はお金の出入りが激しくなるので、貯まるという面では、山吹色がいいとあった。それなら最初からその色がいいといえばいいのに、なんで後出しのように山吹色が出てきたのかと不思議な気がした。私は黄色や山吹色の財布は好みではないので、どっちみちお金には縁がなさそうである。こんな性格なので、一粒万倍日も財布の色も無視である。そんなことよりも、気に入った財布を見つけ、すぐに買って使うほうが大切なのだ。

キャッシュレス社会になったせいか、財布を持たない人も多くなった。私が使ってきた長財布はそれなりにボリュームがあって、邪魔くさいといえば邪魔くさい大きさである。一度、ミニ財布といわれる、小型の財布を買ってみたこともあった。長財布は下手をすると、こぶりなセカンドバッグくらいの大きさがあるけれど、ミニ財布は手のひらに載るくらいに小さかった。金具などもほとんどなく、お札も硬貨もカードも、最低限入るスペースしかなかった。

しかしこれだけで、毎日の支払いを済ませている人もいる。スマホ決済に慣れている人は、これだけで十分、便利に使えるのだ。スマホ決済をしない私も、クレジットカードを入れておけば、最低限の現金で済むわけだけど、とにかく使い勝手が悪かった。やはり現金がある程度入る財布でないと、私の日常には向かないとわかった。

先日、書店で本を購入する際に、五十代と思われる女性の先客がレジにいたので、後ろに離れて並んでいると、彼女が買ったのは文庫本一冊なのに、ものすごく会計に時間がかかっていた。どうしたのかと見ていたら、スマホを端末にかざして決済しようとするものの、何度やってもできないようだった。彼女は、レジの店員さんに、

「私、現金を持っていないので、決済ができないと困るのよ」

といっていた。それから、店員さんも協力して、何回もチャレンジしていたが、いっこうに決済される気配はなかった。

これまでにも、スマホを端末にかざして、決済ができなかった人を何人も見た。私は基本的にスマホを信用していないので、

（ああ、やっぱりね）

と思っていた。キャッシュレス決済を利用していても、万が一のときのために、千円札の一枚か二枚程度は、いつも持っていたほうがいいような気がした。私の後ろにも本を手にした三人が並び、どうなるのかなあと思っていたら、フロアにいた店員さんがあ

わててやってきて、隣のレジを開けて会計をしてくれた。店を出るときに振り返ってみたら、件《くだん》の女性はまだスマホを手に、端末と格闘していた。彼女は無事に本が買えるのだろうかと心配になった。

こういったトラブルを目撃すると、現金がいちばんと思える。現金とクレジットカードがあったら、支払いには何の問題もないだろう。これからも私はスマホ決済をする気はないので、それらのどちらかで支払うことになる。スマホ決済のみで、すべて可能と考えている人を見ると、何かあったときの予備を持ちたがる性格の私は、心配性なのかと考えたりする。だがあまりにひとつのものを信用しすぎるとろくなことにならず、結局、自分が困ることになるのではないだろうか。

やはり現金がいちばんとはいいながら、私にはそれを入れる財布がなくなった。結局、すぐに気に入ったものが見つからず、手元にあったポーチを財布がわりにしていた。使いにくいのを我慢して買い物をしていたら、スーパーマーケットで、私の前に会計をしていた三十代くらいの女性が、透明なジッパーつきビニール袋、それも結構、年季が入った皺だらけのものに、現金を入れていたのでびっくりした。千円札が数枚入っていたり、レシートが入っていたりするのもわかる。

そして彼女はそこからお札を出したかと思ったら、今度はバッグの中から、これもまたとても小さなビニール袋を取り出した。中には硬貨が入っていて、そこからつまみ出して支払っていた。透明のビニール袋をそのような使い方をしている人がいると驚いたのと同時に、他人に中身が丸見えなのが平気な人がいるのだとわかった。百均でもそういった袋はたくさん売っているので、財布を買うよりもはるかに安い。そして財布はどこまでいっても財布だが、ビニール袋は使い終わった後も、ゴミを入れたりできるし、二次、三次使用が可能である。エコである。人によって使いやすい「財布」はいろいろなのだなあとあらためて考えさせられた。

レジでの支払いの際、私は待たされるのは平気だけれど、自分は後ろの人に迷惑をかけたくない。混雑しているときは、思うように指先が動かなくなってきた現金支払いよりは、クレジットカードで支払ったほうが楽な場合がある。でもレジが空《す》いているときは現金で支払う場合がほとんどだ。書店では、どんなに本を買っても、クレジットカードで支払ったことは一度もない。現金でないと、いまひとつ本を買った充実感がないからだった。

とにかくすぐにでも財布を見つけなくてはならないので、手当たり次第にあたってみたら、デザインが外側も内側も使っていたものと同じで、外側の素材はエナメルではないが、汚れに強そうな加工がしてあるものが見つかった。色が五色あるうち、赤と紺とで迷った結果、紺色にした。やっと納得できる財布が手に入った。エナメル加工よりも、手にしたときに、ややすべる感覚はあるが、指も迷うことなく、前と同じように使える。でも前に使っていた財布がやはり好きだった。同じデザインは作っているのだから、エナメルのものを復活させてほしい。懲りずに今でもインターネットで検索し続けているが、どこをどう探しても見当たらず、心からがっかりしているのである。

つまらなさを
嘆く人と
面白さを
見つける人

先日、友だちと会ったら、彼女が、

「最近、ほぼ同じ年齢の人たちから、同じ相談をされて困っていることがあるの」

という。彼女は私よりも八歳ほど年下で、相談してくるのはその彼女よりも十歳ほど若い、私からすると十八歳ほど年下の人たちである。どういう相談なのかとたずねたら、

「毎日、つまらない。何か楽しいことはないかしら」

というのだそうだ。


相談してくる女性たちには家庭があり、毎日の家事はそれなりにこなしているのだが、それは必要だからやっているだけで、日常に何の楽しみもないと訴えるそうだ。たしかに年齢的に、親の体調、介護、子どもの受験、就職、結婚などの問題が一度に噴出する頃でもあるし、自分の体調も若い頃と違って思わしくないのに、それ以外の問題がどっと押し寄せてきたら、気分が塞いでしまうのも理解できないわけではない。

「それでその人たちは何を知りたいの」

「とにかく楽しいことを教えてくださいって、私に聞くのよ」

と友だちは困惑した表情になった。


その話とは少し離れるが、私が昔、困ったのは、ほとんど面識のない人に、

「面白い本を教えてください」

と聞かれることだった。私は本でも音楽でも、他の人が嫌いといっても、自分が好きだったらいいじゃないかと思っていたし、新刊書店はもちろん、古書店を巡って面白そうな本を自分で探して歩いていた。もちろんなかには、思ったほど面白くはなかった本もあったけれど、それは自分が選んだ本なので、経験のひとつとして納得していた。

私と同年配の本好きや音楽好きの人たち、それ以外の趣味を持っている人たちも、今のようにパソコンやスマホを開けば、山のように情報があふれている世の中ではなかったので、ささやかな手がかりから、こつこつと自分で楽しみを見つけていったのである。自分が面白いと思った本のストックはあるけれど、それは私が面白いと感じた本なので、他の人が同じ気持ちになるとは限らない。そこが困るのである。

面白い本を教えてと聞かれたときは、自分がそう感じた本を伝えるけれど、必ず、

「でも書店に行って、自分で面白そうな本を見つけてくださいね」

と念を押すことは忘れなかった。しかしあるとき、

「あまりにたくさん本があって、どれを選んだらいいのかわかりません。もし面白くない本を選んでしまったら、払ったお金がもったいないから」

といわれてしまい、ぐっと言葉に詰まった。もしも私が面白いといった本が、その人

にとってつまらなかったら、「面白くもない本を薦め、お金を無駄に遣わせた奴」ということになるではないか。書店に行って、棚を端から端まで眺めていって、ぴんとくる本が一冊もないなど、ありえない。自分の勘を信用していないのか、それともただお金を損するのがいやなだけなのかはわからないが、それだったら本を買う必要はない。

しかし親しくもない人に、あれこれいうのもためらわれたので、

「それでは図書館でめぼしい本を借りて確かめて、それで面白かったら買ったらどうですか」

と私としては精一杯気を遣ったのだけれど、返ってきた答えは、「それで面白くなかったら、読んだ時間がもったいない」というものだった。本を読むのに、お金がもったいない、時間がもったいないというのだったら、無理をして読まなくてもいいじゃないかと、ちょっと腹が立った。とはいえ少なくともその人は本を読もうとはしているので、そうもいえず、その人のいい分を聞いて、

「私の薦めた本を、あなたが面白いと感じてくれたらいいなと思います」

としかいえなかった。子どもでも書店に行ったら、あれこれと自分の好きな絵本を選ぶのに、大人なのにどうしてそれができないのかと首を傾げたが、そうか、子どもは親がお金を出してくれるから、そんなことは気にしなくていいのだった。

本だけではなく音楽にしても、他のジャンルでも、自分で選ばないと楽しみは得られないよねと、そんな話を友だちとしていたら、例の相談をしてくる人たちは、最近はWBCがあったので、日本が勝ち進むのが毎日楽しみだったのだけれど、それが終わってからは何も楽しいことなんかないとため息をつくのだそうだ。その前はサッカーのワールドカップだったらしい。

「WBCは日本が優勝したからいいけど、予選で負けていたら、どうしたのかしら」

と聞いたら、

「いつもと同じ、楽しくもない毎日が、早めにはじまったんでしょうね」

と友だちは苦笑していた。

若者、中年、高齢者に関係なく、自分で自分を楽しませることができない人が、意外に多いのが、私もこの年齢になってやっとわかった。若い人だけではなく、友だちに相談してきたような中年女性が現にいるわけだし、高齢者にもいるだろう。私としては、世の中には、こんなに楽しいことがたくさんあるのに、どうしてそれを見つけられないのだろうかと不思議でならない。

友だちは困りつつも、少しでも役に立てばと、相談してくる人に、

「旅行でもしたら」

とアドバイスすると、

「したいけれど、疲れるからあまり外には出たくない」

といわれ、

「それじゃ、ちょっと奮発して、いい鮨屋とかレストランとかで、おいしいものでも食べてきたらどう？」

と勧めたら、

「お金がもったいないもの。老後の資金が足りなくなったら困る」

とこれも拒否された。友だちが、

「一回の食事に何百万円も遣うわけじゃないでしょう」

と笑ったら、

「パーティーみたいな、ぱーっと華やかなものだったら楽しいけど、家族やいつもの友だちと、そこそこの店で食事をしても面白くない」

というのだそうだ。

たとえば関心はあるけれど旅行は気がすすまないのであれば、スマホは必ず持っているのだろうから、それで国内や海外の風景を眺めることだってできるはずなのだ。その点、今は世の中に世界中の情報があふれているので、良くも悪くも、その場に行かなくても日本各地、世界各国の景色が楽しめるのに、それはやらない。行きたいけど……というのも本心かどうかはわからない。行動を起こす気が起きないのだったら、座ってできるスマホゲームを楽しんでもいいのにと思う。

近所の桜がとてもきれいに咲いたとか、葉が青々としてきたとか、散歩しているイヌや、見かけたネコがかわいい、鳥がいい声で鳴いているなどなど、周りにはお金を遣わなくても楽しめることがたくさんあるのに、それには気がつかないのだろうか。友だちによると、「そんなものは彼女たちの楽しみのうちに入らない」らしいのだ。

WBCに関しても、楽しい気分になったのなら、それを持続できるような楽しみを持とうとすればいいのに、そうしようとはしない。ダルビッシュ有や大谷翔平をはじめ、日米のプロ野球で活躍している選手ばかりなのだから、その選手個人でも所属チームでも、「推し」を作って楽しめばいいのに、イベントが終わったらそれでおしまい。そこから受けた高揚感や楽しさを持続させるような行動を起こさない。そういった人たちには、主体的に何かをやろうという気持ちがないのだ。

どうしてそうなってしまうのだろうと、二人で話した。友だちは、彼女たちは子どもの頃から、大人から指示され、与えられる状況に慣れきってしまっていて、自発的に考える習慣がなくなっているのではないかといった。子どもの頃は、親のいうとおりにしていれば叱られないし、学校では先生のいうとおりにまじめに勉強していれば、こちらでも叱られることはない。勤め先でも同じ。周囲に反発する経験もなく、ただただ受け入れるだけの人生を送ってきたのだろうか。一般的にはよい人だったのかもしれない。どこかで、これではいけないと気がつく軌道修正のチャンスを逃し続けてきたのだろう。

とにかく彼女たちは、ぱーっと気分が晴れるような場にいたいという。華やかなパーティーだったり、サプライズだったり、そういった、私からすれば、派手なものを求めているらしい。家族が自分に対して、何かしてくれればうれしいけれど、あいにく彼らはしてくれないので、毎日が楽しくない。いっとき、やたらとパーティーやサプライズが流行《はや》った時期があったが、そのときにそれらを楽しんだ人たちなのだろうか。毎日が楽しくないといった人は、いつもの家事の流れで駅前に買い物に行ったとき、そこでフラッシュモブ（ゲリラパフォーマンスの一種）に巻き込まれたら、それでわくわくするのだろうか。

「でも家事は誰かに教えられたわけではなく、毎日を過ごしていくうちに、それぞれの彼女たちのやり方ができてきたのだから、それを長い期間、続けられているのは、まったく新しいものに興味がないというわけではないのでは」

私が友だちにいうと、

「家事は一日のルーティンなので、子どもが育ち上がれば日々にほとんど変化がないでしょう。同じことの繰り返しで」

と言葉が返ってきた。主婦のなかでも、手間をかけずに掃除ができる方法を考えたり、時短料理を考えたりする人もいる。それは少しでも自分が楽にできるようにと、前向きに考えているからだろう。

人の気持ちには波があるし、元気なときもそうでないときもある。だけど楽しくないという気分が続いていると聞くと、これから先、人生は三十年、四十年も続くのに、そのままずっと過ごしていくのだろうかと、他人様《ひとさま》のことながら、心配になってくる。

友だちのお父さんは九十三歳で、足は多少弱っているものの、他には問題がない。ただ昔の人なので、仕事一途でやってきたものだから趣味がなく、家にいるときはずっとテレビを観ている。昔の映画などを観られるような契約もしているのだけれど、観ている気配がない。どうしてかと理由を聞いたら、あまりに展開が速くてついていけないという。テレビもただそちらに目を向けているだけで、内容がわかっているかどうかは微妙だという。若い頃は海外にも出向いてばりばり働いていた父なのに、高齢になったらそんなふうになってしまったと、彼女は嘆いていた。

一方、私の周辺の定年退職した人たちは、退職後も勤めていたときにしていた語学や音楽の習い事を続けたり、新たに体に負担にならない程度の運動をはじめたり、これからは料理を覚えたほうがいいと、料理教室に通いはじめた男性もいる。フリーで仕事をしていたが、長年、温めていた分野で、新しく起業した女性もいる。このように毎日が楽しくないといっている人は見当たらないので、そんな話を聞くと驚くしかない。

最近、テレビで観たCMで、殺風景だった母親の部屋が、急に色鮮やかになったという設定があった。母親役は安藤玉恵さんで、K-POPの男性アイドルに心を奪われ、部屋に写真を飾りまくり、語学学校にも通いはじめ、応援グッズを手にライブを楽しみにしていたところ、運悪く職場の検温でひっかかり、ベッドの上で泣きながら寝るはめになってしまう。このCMを観て、気の毒だけれど、何て楽しそうな人生なのだろうと温かい気持ちになった。毎日がつまらないといい続けている人たちは、このCMを観たら、どう感じるのだろうか。自分の楽しみは自分でしか見つけられないよといいたいのだが、これが、あれこれ理由をつけて、腰を上げようとしない彼女たちが納得する正解なのかは、私にもよくわからないのだった。

庭の落ち葉集めと編み物熱

これまで住んできたのが、アパート、マンションといった集合住宅が多かったので、新しく引っ越した戸建ての一階の部屋はとても新鮮だった。年末に落ち葉掃きをしたのもはじめてだった。集合住宅では周囲に落ち葉が積もっても、大家さんがきれいに掃除をしてくれたからだった。目の前の隣家の庭には多くの木が植えてあり、年末にはこちらの庭にも落ち葉が増えてきていた。すると大家さんが、

「落ち葉が溜まってきたら、お庭に入ってお掃除してもいいですか」

とおっしゃった。今の家は扉の鍵を開けないと、外から私の賃貸部分の庭には入れない。私は、

「それは申し訳ないので、こちらでやります」

と返事をした。

冬の暖かい日に、とりあえず手元にある庭掃除用の箒で、落ち葉を掃いてみたのだけれど、一段高くなっているテラス以外のところには、防犯のために踏むと音がする砂利が敷いてあり、掃いていると落ち葉がその下にもぐってしまう。上から力を加えて掘り起こすよりも、水平に砂利の上を払ったほうがいいような気がしたので、今度はテーブルや棚の上などを払う手箒を使ってみたら、エアコンの室外機の奥のほうなどの細かい部分の落ち葉も掃き出すことができて、とても具合がよかった。

また落ち葉を掃き集めるのも、最初はちりとりを使っていたのだが、それよりもゴム手袋をして手で集めてゴミ袋に入れたほうが、効率がよかった。そしてそんな今までやったこともない作業を、しゃがみながらやっているうちに、とっても楽しくなってきたのである。ふだんはパソコンの前に座り、三十分に一度は席をはずして休憩するけれど、ほとんど座業なのは間違いない。日常のなかで外で陽《ひ》を浴びながら体を使ってやる作業など、したことがなかったのでとても新鮮だった。

庭のスペースだけではなく、玄関横に植えてある、モミジの落ち葉もついでに掃除しておいた。それほど量はないように見えたのに、集めた落ち葉が四十五リットルのゴミ袋にいっぱいになったのも達成感があった。次の冬はもっと効率的にできればと、インターネットで検索したら、穂の部分が密ではない、落ち葉掃き用の手箒があり、早速それを購入して、次の冬のために準備した。

久しぶりに人間として基本的な仕事をしたという充実感があった。そしてそれに触発されたのかはわからないけれど、また編み物熱が高まってきたのである。今、必要なものは何なのだろうかと考えた結果、一番は家で着るカーディガン、二番目は毛糸のパンツだった。前にソックス用の中細毛糸を二本取りにして、ざくざく編んだカーディガンが、冬の間じゅう着倒して、編み直しがきかないほどフエルト化してしまったので、同じ糸、同じデザインでまた編んで完成させて、毎日着ている。

毛糸のパンツも自分で編んだものが二枚あるが、古いほうがフエルト化と劣化がひどくなり、いくら外からは見えないとはいえ、新しいものが必要になってきた。毛糸のパンツは本当に暖かいし、体が締めつけられないのもいい。欠点は穿くと尻まわりが大きくなることくらいだろうか。しかしほとんど外出もせず、家で仕事をしている私にとっては大きな問題ではない。ということで編むしかないのだ。

私が編み物を中断している間に、手編みの毛糸のパンツの本が二冊も出ていて、早速それを買い求め、自分が編みやすい太さの毛糸が使われている何点かを選んで、編んでみた。毛糸を取り寄せたのはいいが、私が棒針で編むにはちょっと細かったので、予定を変更してかぎ針編みのトランクス型のデザインにしてみた。棒針と違って一目の高さがあるので、昼御飯、晩御飯の後に編んでいたら、あっという間にできあがった。

それに気をよくして、次は体にフィットするタイプのものを編みはじめた。途中まではぐるぐると輪に編み、足のつけ根の部分から前後に分けて編むだけなので、こちらもあっという間にできた。編みながら、このサイズで入るのかしらと心配になったが、編み地に透かし模様の飛び柄が入っているため、そこがびろ〜んと伸びて、私の尻でも十分入った。

こちらのほうがやや薄手でボリュームが出にくい分、冷房が利いている夏にスカートを穿くときの冷え防止にいいかもしれないと、色違いを何枚か編むことにした。私にはもうちょっとウエスト部分のゴム編みが長いほうがよかったので、二枚目はゴム編みを長くし、ウエストと裾の部分のゴム編みは色を変えてみようと、自分なりのアレンジを加えて編みはじめた。


毛糸のパンツで勢いがつき、編み物熱は一気に元に戻った。なぜだかわからないが、集中力も一気に戻ってきた。昔、祖母が煮る豆をひと粒ひと粒丁寧により分けているのを見て、

(彼女は残された時間が少ないのに、どうして時間をかけてやっているのだろうか)

と首を傾げたが、私もその域に達してきたのかもしれない。時間がある若いときは、面倒くさくて雑にやっていたことを、残り時間が少なくなっているのに、歳を重ねると丁寧にするようになるのは不思議である。

私が編み物を中断して、情報も遮断していた間、編み物の世界は進歩していた。やめる直前に編んだセーターは、襟ぐりから裾に向かって編み下げていく、トップダウンと

呼ばれる編み方のセーターだった。裾から襟ぐりに向かって編み上げる、ボトムアップ方式でしか編んだことがなかったので本を買い、まずは掲載されていた指定糸で編んでみたのだった。トップダウンは、襟ぐりから編み下げるので、途中で毛糸が足りなくなったときに、着丈や袖丈を短くするのが簡単なのがいい。編み物をしていると、残り糸がたくさん出たり、編む予定がないのに糸を気に入って買ったりなどして、一着分はありそうだけど、ちょっと足りないかも、と微妙な感じになる場合がある。その際にこの編み方だと、毛糸の量の調整ができるので便利なのだ。トップダウン方式で他のセーターも編んでみようと考えているうちに、集中力がなくなってやめていたのだった。

もうひとつ変わったことは、英文スタイルの、文章による編み方が増えたことだ。私は小学生の頃から、丁寧な寸法が記載された製図と、日本特有の記号で表された模様編み図が掲載されている本を見て編んできたので、文章だけで説明される外国方式の編み方にはとまどっていた。外国雑誌で編みたいものがあると、編み目をじっと見て、こんな柄ではないかと、自分で編み図に描き起こして、それを見ながら編んでいた。

英文での編み方を丁寧に翻訳し、説明している本も出てきた。英語での編み方の略語、編み方も丁寧に記載されていて、洋書の編み物本で編むのがとても楽になる。私は両方の図を見れば、ひと目で全体像がわかる日本式のほうがずっと楽なのだが、編み図に書いてある記号をいちいち覚えるのが面倒くさいので、英文スタイルのほうがいいという人もいる。また図を見て編まなくてはならないので、手間もかかるという。私はそれを当たり前にやってきたので、そういうところはわからないのだが、ゲージさえ合えば、文章を読みながら編めるほうが、楽と感じる人がいるのもわかる。どちらの方法でも、自分が気に入ったものが編めればいいのだ。

ただ私の場合は、だいたいの場合、指定の編み針だとゲージが合わないのと、体形的に普通サイズだと袖丈が長くなるので、長袖を編む場合は計算をし直して、自分の体に合うように編んでいた。しかし英文スタイルだと、決められたゲージに限りなく合わせないと、自分の求めているサイズのものは作れない。着丈は好みのところで編むのをやめればいいけれど、袖は多くの場合、肩から袖口に向かって幅が狭くなっていて、一般的なセーターには、袖口にふさわしい幅がある。自分の袖丈に合わせ途中で編むのをやめてしまうと、どうしても袖口の幅が広くなるので、袖下からの目の減らし方を編む前に計算するしかない。私のように、ここを短くしたい、あるいは長くしたいという人にとって、サイズ調整がうまくできるのか不安だ。ボトムアップは袖も袖口から編んでいくので、このあたりで増し目を加減してなどと袖丈が調整できる。しかし肩から袖口に向かって編み下げるトップダウンだと、初心者が、編みながら自分の体に合ったものを作るのは、難しいのではないかと思う。どちらも一長一短なのだ。

新しい方法を試してみるのは好きなのだけれど、文章だけでトップダウンとなると、二重に難しそうなので、編み図つきのトップダウンに再度挑戦しようと考えている。前のセーターは本に従って編んだので、そのとおりにしたらできあがり、偶然にも袖丈がぴったりだったので、どこも調整する必要がなかった。今度は好きな糸で自分で計算をして編んでみようと思っている。すると輪にしてトップダウンで編むには、パーセンテージの計算が必要だとわかった。ボトムアップの編み方はあとで端をとじたりはいだりつなげたりして、平面のパーツを体が入る立体にする考え方なので、肩幅、袖幅、袖丈と、襟まわりと袖ぐりとバストとヒップのそれぞれ二分の一のサイズが、編み図の基本になる。

一方、トップダウンは、輪針でセーターを立体的に編むので、セーターの円周の中で、前身頃、後ろ身頃、袖など各部位を振り分けるパーセンテージが必要になってくる。製図はシンプルなのだが、自分で製図を起こすとなると、電卓を叩きまくらなければならず、わけがわからなくなってきた。前回編んだのは丸ヨークだったので、次は別のタイプを編んで、少しずつトップダウンのパターンに慣れていこうと思っていた。

そんなときに『働くセーター』という本を買った。着用しているのもモデルではなく一般の働く人々で、みんなトップダウンで編まれた、シンプルなメリヤス編みのセーター、カーディガン、ベストを着ている。メリヤス編み好きの私としては、願ってもない内容だった。こういう本はありそうでなかったような気がする。技術を駆使した素晴らしい編み地のニットを見るのも目の保養になるが、私はやっぱり毎日、生活のなかで着るものを編みたい。

作者の保里尚美《ほりなおみ》さんのイベントで販売された本『a sweater.』も素晴らしかった。働くセーターを着た、その人の原寸大の手の写真、10の質問の回答が載っている。気取った風に写っている、モデルが着た写真の何倍も素敵だ。何度見ても飽きることがなく、手に入れてずいぶん経つが、仕事が終わった後に、毛糸のパンツの編みかけを傍らに置き、『働くセーター』と『a sweater.』を見るのが楽しみになっている。幸いまだまだ編み物に対する集中力は途切れていない。本に掲載されている毛糸は買い揃えたので、セーター、ベストが着られる時期までに、一枚は編みたい。

以前は編み物をすると目が疲れるなあと感じていたのだが、スマホの画面を見ているのに比べれば嘘のように楽だ。そしてパソコンやテレビを観ているよりも楽になった。軽い乱視があるので、特に棒針は編むのが辛かったのだけれど、今はそういうこともなくなった。私の目が鈍感になったのかもしれない。パソコンもテレビもスマホも、向こうから光を発していて、それを私の目が受け止めるわけだが、編み物の場合は毛糸からも編み針からも何も光を発してこないからだろう。

私が編み物をやめた頃よりも、購入できる海外の毛糸の種類が増えたのにも驚いた。個人経営の店で輸入しているらしい、まったく知らなかった毛糸も買えるようになっている。羊を傷つけないで毛を刈る、ノンミュールジング毛糸も増えている。目新しい毛糸はだいたい売りきれているので、編み物好きの人たちに人気なのだろう。編み物人口が増えるのは喜ばしいことである。私も編んでいない毛糸が山にならないように、せっせと編まなくてはならない。

編み物をしながらふと窓の外を見ると、ついこの間まで、枝に枯れ葉がついている状態だったのに、庭のマンサクの木には黄色い花が咲いていた。そしてその奥には借景だが、紅梅がきれいに咲いている。人間の暮らしをしている気持ちになる、今日この頃である。

鏡の中の老女とおばあさん問題

前章で、『働くセーター』という編み物の本を紹介したが、その本には掲載されていない、かぶりタイプのクルーネックのベストを、まず試作品として編んでみた。そのベストのパターンが、インターネットで販売されていたので購入してみると、1から5までのサイズのうち、3〜4のサイズのものだった。そのまま編むと私には大きく、本を見ながらサイズ1のセーター、同サイズの前開きのベスト、そして購入したパターンの編み方を合体させて、無事、胴まわりまで編み進んだ。幸い、ゲージは針を替えて本と同じになったので、特に計算する部分はなかったけれど、編んでいる最中に、あるショックな出来事が判明した。

私が住んでいる部屋の造りは、玄関からいちばん近い場所にトイレ、そして洗面所、そしていちばん奥に浴室と、水回りが一列に並んでいる。ふだんはカビ防止のため、浴室や洗面所のドアは全開にしている。浴室の正面の壁に大きめの鏡が設置してあるので、トイレに入るときに横を見たり、洗面所に入ったりすると、自分の姿が映るのだ。

トイレに入ろうと、ドアのハンドルに手をかけながら、ふと横を見たら、鏡の中に体全体が「く」の字になっている老女の姿があった。

「ぎゃっ、見事にばあさんじゃないか」

と声を上げそうになった。

子どもの頃から、親に姿勢のことは厳しくいわれていた。特に高校生になって身長の伸びが期待できなくなってからは、

「あんたは背が低いのだから、姿勢には気をつけなさい」

と事あるごとにいわれた。本や雑誌を読んでいると、ついつい前屈みになるのを見て、

「ほら、また背中が丸くなってる」

と注意された。

「そんなにすぐに背中が丸くなるんだったら、物差しでも背中に入れておきなさい」

と実際、背中に突っ込まれたこともあった。いわれた言葉を思い出しては、これはいかんと、そのときは背筋を伸ばすのだけれど、いつの間にか目の前の事柄に没頭して、姿勢のことなど忘れてしまうのだった。


大学に入ったとき、私よりも小柄な女子学生で、とても姿勢がいい人がいて、彼女を見るたびに、姿勢がいいのは気持ちがいいもの、というのはよくわかった。彼女も、

「背が低いのだから、姿勢が悪いと余計に背が低く見える」

といわれ続けたのかもしれない。どちらにせよ背筋が伸びている状態を続けられるのは、すごいなあと感心していた。もちろん私は彼女のようにはならなかった。若い頃は

都心に買い物に行くと、店舗のガラスに姿が映るので、それで姿勢をチェックしていて、背中が丸まっているとわかると、突然背筋を伸ばしたりした。それをたまたま見かけた人は、いったい何をしているのかと思っただろう。それから歳を重ね、自分の進行方向にある、ガラス製の扉などに、ある女性の姿が映っていて、それを見て、「あら、あの人、ずいぶん歩き方がひどいわね」「もっさりした人がいるなあ」と思いながら近づいていったら、それが自分だったりして、ぎょっとしたことも一度や二度ではない。動いている自分の姿は、録画でもしない限り自分ではわからない。他人の姿にあれこれいう前に、自分を何とかしろと反省した。

ただ三味線を習っているときは、私の人生のなかでいちばん姿勢がよかったと思う。三味線は正座をすると、前屈みでは弾けないし、現にそのときは、自覚はないのに、何人もの人に、

「姿勢がいいですね」

といわれた。特に意識しなくても、体のバランスの取り方が、そうなっていたのだろう。その話を師匠にしたら、

「たしかに前屈みでは弾けないけれど、高齢のお師匠さんのなかには、体を斜めにして弾いている方もいらっしゃるしねえ。三味線だけが姿勢がいい原因ではないんじゃない

かしら」

と首を傾げていた。若い頃からの習慣も、加齢には勝てないのかもしれない。

机の前での仕事は、どうしても前屈みになってしまう。パソコンを使うようになってからは、少しはましになったけれども、手書きのときはひどいものだった。仕事に熱が入ると、顔と原稿用紙との距離は近づく一方で、それにはっと気がついて、立ち上がって運動したりはしたが、その程度では丸まりつつある背中は、まっすぐにはならなかったのだ。


文字を読むのも編み物も縫い物も、そっくり返ってはできず、この歳になっても私がしているのは前屈みになる作業ばかりだ。老いを感じる己の姿を目の当たりにした衝撃は大きく、日常的に背中が丸くならないように気をつけるようになってからは、「く」の字状態は避けられている。しかし気を抜いているときには、ばばくさい姿だろう。外出するときはそれなりに緊張もしているが、家の中でずっと気を張っているわけにはいかないし、だらーっと脱力したいときもある。そのときはどんなばばくさい状態になっても、仕方がないと諦めることにした。

これからの自分のおばあさん問題について考えると、やはり姿勢には気をつけたい。

イラストレーターのフランス人女性、イザベル・ボワノさんが描いた日本滞在記『おとしより　パリジェンヌが旅した懐かしい日本』という本には、日本の高齢者がたくさん登場して、彼女はその丸くなった背中が愛らしいといってくれている。私も彼らを見て愛《いと》おしく感じるけれど、自分がそうなるのはどうかといわれると、なるべく避けたいのだ。

昭和三十年代には、町内に体が直角に曲がっているおばあさんが何人もいたけれど、栄養状態や生活スタイルが影響したのか、最近ではほとんど見かけなくなった。姿勢が悪いと内臓を圧迫して呼吸にも影響し、体にもよくないらしいので、座業の私は気をつける必要があるなと、「く」の字の自分を見て深く反省したわけである。

編み物をしているときの前屈みは、重心を前のほうではなく、意識して背中のほうに、つまり椅子の背もたれに寄りかかれば、少しは改善されるのではないかと、気をつけてベストを編んでいった。身頃の編み地はメリヤス編みだけで、編み方に気をつける必要がないのはありがたい。複雑な模様があったりすると、模様編みを覚えるまでは、いちいち編み図を確認するので、つい前屈みになってしまう。作業をしているときは、十五分に一度は背伸びをしたり、胸を張ったりと、簡単な体操も途中にはさむようにして、「く」の字になるのを避ける努力は続けている。

そして無事、ベストは編み上がった。途中で、

「もしかしたらサイズが小さいのでは」

と不安になったけれど、サイズ1のとおりに編み上がった。指定糸の質のおかげか、しっかりとした編み地で、毎日着たとしてもそれに耐えうる、「働いてくれるベスト」のような気がした。私がミスをしたところもいくつかあったので、この試作品を元に問題がある部分を修正して、これからセーター、前開きのベスト、カーディガンも編んでいくつもりだ。

襟ぐりの作り目がきつかったのがいちばんの問題だった。以前、このベストと同じく、襟ぐりから編みはじめるセーターを編んだとき、ふだんやっているようなゆるめの作り目から編み出していったら、襟まわりががばっと大きくなってしまったので、今回はきつめにしたのがいけなかった。本には作り目や、そこから編み出す編み目はゆるめにと書いてあったのに、それに従わなかったせいである。前に編んだセーターの糸は細くアンゴラが入っていて、とても柔らかかったのが影響したのかもしれない。

対処法としては、襟ぐりの二目ゴム編みの部分を、本では途中で針を細いものに替えて編むように指示されていたのを、替えずに編んで、ゴム編み止めをゆるめにして、何とか乗りきった。

腕が短い私は、セーターを編むときは、袖丈を計算し直したほうがいいかもと、編み上がったベストを着たり、脱いでまじまじと見たりして、あれこれ考えた。着るには少し暑くなってきたので、再び寒くなってきたら、ベストを着て動いてみて、また修正点があれば、次に編むセーターなどに活かしたい。編みはじめるのは今年（二〇二二年）の秋くらいからになるだろうけれど、カーディガンのためのボタンもすでに二種類購入したので、時期を見計らってただ編むのみである。

編み物熱に拍車がかかってきて、ベストを編み上げてしまうとまた何か編みたくて仕方がなくなったが、毛糸のものは編み上がっても身につけられないし、かといって夏物衣類を編むのは躊躇してしまう。夏物も編んだ経験はあるが、せっかく時間も手もかけて編んだとしても、汗をかくので劣化が早く、同じ手間をかけるのに、お別れするのが早くて不毛な気がする。

何かないかなあと考えているとき、外国作品の編み方を日本語に翻訳して販売しているサイトがあったのを思い出した。以前、何点か購入した記憶がある。そこを見てみたら、春夏の肌寒い時期や、冷房、日焼け、汗取り対策によさそうな、透かし編みのミニマフラーが見つかった。これまでは市販のコットンガーゼのミニマフラーを使っていたのだが、あまりに使い倒して穴があいたのを、引っ越しの際に二本、処分したので、夏用の巻物がなくなってしまった。

私の苦手な透かし編みだけれど、曲線ではない直線的な透かし編みで、私の頭の中にはその編み図はインプットされていなかった。他にも応用できそうな便利な編み図なので三百七十円で購入した。指定糸はメリノウールだったが、手持ちの同じ太さの、コットンの比率が多い、水色、紺、白のメランジタイプのソックヤーンを使うことにした。汗をかいても気軽に洗えるのがいい。できあがり幅が三十センチほどで、作り目も六十七目と少ないのもよかった。

まだ編み図が完全に頭に入っておらず、確認しながら編んでいるが、頭に入ったらもっと進みが速くなると思う。若い頃はすぐに編み図が記憶できたのに、なかなか頭に入らなくなってきたからだが、これも仕方がない。このミニマフラーの具合がよかったら、編むのに適した糸が他にもあるので、それらを編みつつ、仕事もしつつ、「く」の字厳禁で暮らしていきたい。

着物の手入れとセルフレジへの当惑

夏に使うつもりの、ソックヤーンで編んでいる透かし編みのミニマフラーについてのその後である。模様編みの編み図も、すべて頭に入って編み進みが速くなり、十五センチほどの長さになった。そこで、ちょっと顔映りを確認しようと、それを首にあてて、鏡の前に移動しようとしたとたん、

「こりゃ、だめだ」

とあわてて首から離した。信じられないくらい、ちくちくする。同じ体の皮でも、足は大丈夫でも首にはだめだったようだ。このような状態では首にはとても巻けないと断念し、すべて解《と》いて本来の靴下用として使うことにした。新しい糸を買うつもりはなく、編み物は秋までお休みである。

日々、何らかの手仕事がないとつまらないので、次は針仕事、といっても大げさなものではなく、手はじめに夏の着物用の半衿の付け替えをはじめた。着物は着ていて楽しいのだが、慣れるまでは準備がちょっと面倒くさい。袷、単衣、夏物では、襦袢も半衿の織り方も違う。和装のしきたりは昔のように厳格ではなく、ゆるやかにはなっているし、ふだん着ならば問題ないけれど、それなりの場所に出向くときには、季節を意識しなければならない。

そこで半衿をつけていない状態で待機中の、単衣と夏物の長襦袢への半衿つけをはじ

めた。洗濯機で洗える便利な半衿つき合繊襦袢もたくさん市販されているが、私は静電気体質なので、袷の時期、特に冬にそれを着ると、ものすごい静電気に悩まされるので着られない。夏は大丈夫なので、二枚ほど持っている。しかし洗濯機で丸洗いできない、絹の単衣や絽《ろ》の襦袢は着心地が違うので、夏といえども欠かせないのだ。

単衣の時期の絹襦袢には絹の楊柳《ようりゅう》、夏物の絽の絹襦袢には絹の絽や紗《しゃ》、麻の襦袢には麻の半衿をつける。絽塩瀬《ろしおぜ》の半衿は単衣と夏物の両方につけられる。合繊の半衿はいつも真っ白なのだけれど、年齢を重ねるうちにその白さが顔に合わなくなってきた。合繊の真っ白な半衿と比べると、白さのトーンが落ち着いた正絹のもののほうが、顔映りがいい。使って洗うのを繰り返していくうちに、黄変してしまうので、そうなったら家で着物を着るときに使う。木綿の衿つき半襦袢に縫いつけて、そのままネットに入れて洗濯機で洗っている。

編み物に比べると針仕事は苦手だ。編み物の場合、どんなに細い編み針でも、編んでいる最中に手に刺さることなんてありえないが、縫い針の場合はそれがしょっちゅうなのだ。気をつけているつもりなのに指を刺したり、手を動かしたときに待ち針をひっかけたりと、そこここに痛いことが転がっている。おっちょこちょいなので、襦袢一枚に半衿をつけようとすると、最低二回は針が刺さって、

となる。

昔に比べて出血するような事態にならないのは、加齢によって指先の皮が分厚くなったせいのような気がするけれど、痛点を刺激する小さな事故は、相変わらず起こる。それでも半衿はつけなくてはならないので、そのたびにちょっとどきどきするのだ。

「痛《いた》たたた……」

そんなこんなで、

「痛たたた……」

を何度かやらかしながら、単衣と夏物と合わせて六枚の襦袢の半衿をつけ終わった。そのなかで、単衣の襦袢の衿幅が、私の指定している寸法と違っているのがわかった。仕立てて畳紙《たとうし》に入れたままになっていたのを思い出し、それにも衿芯《えりしん》と半衿をつけようと取り出してみたら、明らかに後ろ衿幅の寸法が違う。長い間着物や襦袢を見ているので、自分とは違う寸法は、目視でわかるようになった。

もしかしたら仕立てた人が、母の寸法と混同しているのではないかと、他の部分を測ってみたら間違いはなかった。たった五ミリ、衿幅が広いだけなのだが、身長が低い私にとっては大違いなのである。仕方なく襦袢の後ろ衿を部分的にほどいてみた。すると中に芯のつもりなのか、布がたたんで入れてあった。単衣用なのに襦袢の地衿《じえり》（半衿をつける襦袢の土台の部分）がぼてっと分厚いのはいやなので、そのたたんである分を取り去り、余分な五ミリ分を内側に折り込んでくけ直した。きちんと和裁を習っていないので、本を見ながらの独学でしかないのだが、不格好ではなく着られればそれでいいのである。

ずいぶん前の冬、着物で会食をした際、ある人が遅刻をした。遠方から来るし、いつも着物を着ているわけではない。それは時間がかかるだろうと待っていたら、汗をかきながら無事に到着したのはいいが、ずっと衿元を手で隠している。どうしたのかと聞いたら、「朝、襦袢を出してみたら、衿が汚れていた」という。正絹の襦袢は、着用したまま、手入れをせずに何年も放置していると、目に見えなかった汗や汚れがしみついてしまい、そのようなことが起こる。

あせった彼女は、半衿を取り替えなくちゃと思ったのはいいが、半衿がどういうしくみでついているかを知らずに、襦袢の地衿ごと鋏で切り取ってしまった。それに気づいた同居しているお母さんが、ものすごく怒りながらも、得意な洋裁の腕を活かし、洋裁用の綿の芯地を使って、とりあえずミシンで、かわりになるものをくっつけてくれた。そしてそこに半衿をつけてきたというのだった。付け焼き刃なので、衿元は波打っては

いたが、見えているのは二センチほどなので、

「気にする必要はないわよ。首にマフラーが巻ける季節で、本当によかったね」

とみんなで慰めて食事をして散会したのだった。

半衿をつけるときに、いつもこのことを思い出す。半衿を替えるのに、いきなり襦袢の地衿ごと切ってしまうのもすごいが、それをものすごい勢いで直したお母さんの洋裁の技術もすごい。着物というものが日常から離れてしまうと、想像もできない様々な出来事が起こるのが面白い。日常的に慣れていないために、トラブルが起こったときに、どうしていいのかわからなくなるのだろう。

私は着物が好きなので、本を読んだり、自分で着たりして、和装に関してはある程度のことはわかっているつもりだが、彼女にとっては、着物は非日常のものである。慣れている分野の事柄だから、慣れていない人に対して、なんでそんなことをするのかといえるけれど、たまたま私が知っていただけで、彼女がそれを知らなかったからといって、見下すようなことでもない。私が知らない分野の事柄を、彼女はたくさん知っているはずなのだ。

私が日常的にわかっていないことは何だろうかと考えたら、たくさん出てきた。最近、

店舗でよく使われているらしい、セルフレジというものがわからないし、使ったこともない。新型コロナウイルスの感染拡大があってからは、二千円以上支払うスーパーマーケットなどでは、クレジットカードを使っているけれど、スマホにはキャッシュレス機能は持たせていない。千円以下の買い物はすべて現金にしている。

こんな状態で日常の支払いを済ませているのに、セルフレジというものが出現したとニュースで知ったとき、

「絶対に私はそれで買い物ができない」

と絶望しつつ妙な自信を持った。機械を相手にしてスムーズに、買ったものの商品情報を読みとらせ、精算して店を出るなんて、考えられない。セルフレジのある店には入らないようにしようと決めていた。

うちの最寄り駅の駅前に、大きな書店がある。そこに行ったら店員さんがいるレジカウンターの隣に、今まではなかったセルフレジが設置してあった。

(書店にもセルフレジが……)

と驚いたのだが、書店でも人員削減などの理由で、セルフレジを導入するのは当たり前なのだ。欲しい本が見つかってレジに向かったら、中高年の男女、五、六人が並んでいた。店員さんが、

「よろしければセルフレジもお使いください」

と声をかけるのだけれど、誰も移動しようとはしない。私も最後尾に並んだまま、

(あれはどうやって使うのか？)

と、じーっとセルフレジを見つめていた。すると背後から私よりも年長の男性がやってきて、当たり前のようにセルフレジの前に立ち、さっさと処理をして本を鞄《かばん》に入れて去っていった。私を含めた中高年数人は、同時に、

「はあ〜」

と驚きとも感嘆ともつかない息を吐いて、去っていく彼の後ろ姿を見送ったのだった。

店に店員さんがいる限り、私は対面でお金を支払おうと決めていたのに、コンビニに行って消しゴムを買い、目の前の店員さんに現金を払おうとしたら、

「こちらでお願いします」

と横にある機械を手で示された。バーコードつきの書類で振り込みなどをする際に、金額の確認で画面上の「ＯＫ」の四角い表示ボタンを押したことはあるが、そこに現金を投入したことはない。後ろに人も並んでいたので、あせりながら、お札を挿入するところを探していると、

「現金でしたら、こちらの表示を押してください」

といわれた。「現金」の表示を押し、店員さんが、現金はこちらへと教えてくれたので、そこに入れるとスムーズに吸い込まれた。あとは金額の確認表示を押したら、おつりがじゃらじゃらと出てきた。ちょっとだけ時間はかかったが、店員さんの誘導のおかげで、それほど後ろの人に迷惑はかかっていなかったと思うが、待っている人からすると、

「おばちゃん、何やってんだ」

と呆れられたかもしれない。

スムーズにはいかなかったけれど、機械相手の支払いを経験した翌日、久しぶりに少し遠くまで散歩をしようと、歩いたことがない道を選んで歩いていった。するとそろそろ折り返そうかと思ったところに、大きなスーパーマーケットがあった。どんな店なのかと興味が湧き、あちらこちらを見回しながら、野菜や果物を数点カゴに入れてレジに並んだ。すると何とこの店のレジはすべて、レジ係が商品の価格等を読みとり、支払いは客が行う、セミセルフレジだったのである。

(どうしよう)

胸がどきどきしてきた。まさかカゴを置いて逃げるわけにもいかないし、たまたま

入った店のレジがこれしかないなんてと、自分の運のなさにがっかりした。それぞれのレジカウンターの後ろには二台、あるいは三台の精算機が設置してあってナンバーがつけられている。うまくできるだろうかと心配しながら、レジの店員さんの読みとり作業が終わるのを待っていると、

「12番のレジでお願いいたします」

とその機械の横にカゴを置いてくれた。クレジットカードで支払ったほうがよさそうだと判断し、カードが入りそうなところがあったので、そこに突っ込んだら紙幣の挿入口だった。あわてて画面を見ると、支払い方法を選べとあるが、カードをどこに入れるのかわからないのだから、決めることができない。あせりながら見回した結果、左側の下に挿入口があるのを発見し、画面の「カード支払い」を押し、そこにカードを入れて、金額を確認。レシートとカードが出てきて、無事、精算は終わった。するといちばん遠くにある1番レジに、

「ちょっとお、わっかんないよ、これ」

と大声で怒鳴っているおじいさんがいて、店員さんがあわてて走っていった。何十年もの間、お店の人に直接お金を渡す方法で物を買っていたのに、突然、こんな機械を使えといわれたって、高齢者が最初から簡単に操作できるわけはないのだ。

その何日か後、近所のオーガニックの食材を売っている店に行ったら、ここもセミセルフレジだった。現金やカードの挿入口など、それぞれ統一してくれればいいのに、機械ごとに違うのが困る。この店でのカードの挿入口は、機械の左上にあった。こういった機械に出くわすたびに、いちいち確認しなくてはならないのが面倒くさい。しかし文句はいいながらも、半衿つけなどもそうだが、その面倒くさいことをし、覚えるのが、前期高齢者の脳には必要なのかもしれないと考え直した。

日常的には、半衿のつけ方を覚えるよりは、セルフレジの操作の仕方を知っているほうが、ずっと役に立つ。次にチャレンジするのは、セルフレジである。これがクリアできれば、今後、どんな店に入っても、支払いに関しては怖いものなしだ。ただし最新型の機械に出くわしたらお手上げなので、また一からやり直しになるのだが。優しい店員さんが見守ってくれているセルフレジの店があったら、ぜひやってみたいと、最近はレジが気になって仕方がないのである。

パンツを穿いた
土偶とDNA

前に自分の体が「く」の字になっているのに気がつき、仰天した話を書いた。その「く」の字に関しては、極力気をつけるようになったので、ふと浴室の鏡を見ても、ぎょっとしなくなった。やっぱり意識のなかにあると、少しは違うんだなと思ったりしたのだが、新たな問題が出てきた。

私が小学校低学年の頃だったが、同級生の男の子のお母さんの姿を見て、

（どぐうみたい）

と思ったことがあった。うちでは親の方針として、

「勉強でわからないことがあったら、すぐに親に聞かないで、そのための本は買ってあげるから、まず自分で調べなさい。それでもわからなかったら、学校の先生に聞きなさい」

といわれていた。そのため、うちはお金がないのにもかかわらず、百科事典と子ども用の図鑑のセットがあった。私は特に図鑑が大好きで、学校から帰っては手にとって眺めていた。それで「はにわ」と「どぐう」を知ったのである。はにわは自分たちが作った紙粘土人形のようで、『おそ松くん』に出てくる、イヤミみたいにシェーをしていた。どぐうは太ったおばさんにしか見えなかった。しかしその両方とも、私のお気に入りになった。

私の母は腰高で脚が長く、近所のおばさんから、

「子どもを二人も産んで、ヒップが八十五センチって、どういうことなの？」

などといわれていたので、身近にはどぐうはいなかった。そこで同級生のお母さんを見て、

（あっ、どぐうがいるっ）

と目が釘《くぎ》づけになってしまったのだった。喜んで母に報告すると、

「そんなことをいうものじゃない」

と叱られた。私はただ現実に動く「どぐう」がいたのがうれしかったのに、母の厳しい顔つきを見ると、それは軽々しくいってはいけないことだと悟ったのだった。

そして先日である。風呂に入るのには当然、服を脱ぐので、脱衣所で準備していた。毎晩、入浴前に体重、表示される体脂肪率やら内臓脂肪率、基礎代謝量などをチェックしている。床に置いたヘルスメーターを移動させようとして、戸を開けた浴室の壁にある鏡に、何気なく目をやったとたん、ぎょっとした。パンツを穿いた土偶がいたのである。

「えっ、私ってこんなだったの？」

小学生の頃よりは多少、知識も増え、正確には遮光器土偶である。

「ええーっ」

といいながら、脱衣所で鏡を見つつ前に進んだり後ろに下がったりしてみたが、鏡に映る姿は、距離を調整しても遮光器土偶に変わりはなかった。

考えてみれば、私もあと少しで「古来、稀《まれ》」な古稀《こき》を迎える。明らかに老女枠に足をつっこんでいる。だから体形が崩れたとしても、当然なのだけれど、ここまで土偶になっているとは思わなかった。まじまじと鏡の中の自分を眺めてみると、着衣というものは、体の欠点を隠してくれるものだなと感慨深かった。たとえば自分のすぐ前に鏡があるのと、何メートルか先に鏡があるのとでは、ずいぶん映り方が違う。遠くに鏡があるほうが、明らかに自分の欠点が露呈する。遠目で見てスタイルのいい人、たとえばモデルさんなどは、近くで見たら同じ生物と思えないほど、スタイルがいいのだろう。そして残念ながら、離れたところから見た土偶の私が、世間の多くの人が見ている、自分の正しい姿なのだ。

まさか自分が土偶になっているとは思わなかったとぶつぶついいながら、日課にしているヘルスメーターに乗った。小学生のとき、同級生のお母さんを「どぐう」といってしまったことが、ブーメランのようになって自分に戻ってきた。そのときの彼のお母さんは、三十代で今の私よりもずっと若く、裸でもなくひらひらしたワンピースを着ていたので、彼女はまだ若いのに土偶になっていたと、少しでも自分のテンションを上げようとしたが、土偶は年齢関係なく、土偶なのだと納得するしかなかった。

「ちぇっ」

と舌打ちをして念のためもう一度ヘルスメーターに乗ると、特に数値の大きな変化はなかった。私は体重よりも、体脂肪率、筋肉量、骨量のほうが重要だと思っているので、多少、体重が増加しても気にしない。今のところ体脂肪率、内臓脂肪率はマイナス標準だが、ちょっと多めに食べると標準に増加する。なるべくマイナス標準を維持しようと考えている。筋肉量、骨量も標準、基礎代謝量が高い以外は、すべて標準なのである。体内年齢は昨日時点で五十五歳だったので、実年齢よりマイナス十二歳。これはこのヘルスメーターの機能を信じてのことだから、本格的に測ってみたら、違う部分もあるかもしれない。項目の多くが標準内だし、体内年齢がマイナスなのだから、まあいいほうなのではないかとほっとはするのだけれど、体形は見事に遮光器土偶なのだ。

土偶はこれからどうやって生きていけばいいのかと考えた。埴輪《はにわ》のほうがしゅっとしてスタイルがいい。その点、土偶はどっしりとしていて迫力がある。下半身に重心があるのが、私との共通点のようだ。土偶は人の形ではなく、植物や貝の形を模しているという本も読んだけれど、ずんぐりしているのには変わりはない。土偶のモデルは何であれ、土偶なりに生きていくしかないのである。

そして体形をカバーするための、着衣がとても大事なのも再認識した。和服は形が同じなので、色や柄でカバーするしかないが、洋服はやはりデザインが大切なのだ。しかしいくらがんばったとしても、土偶はバービー人形にはならない。真っ裸で外を歩くわけでもないし、自分は土偶という意識を持ちつつ、堂々と生きていけばいいのだ。

私の知人のなかには、容姿をとても気にする人もいる。そういう人たちは、もともとスタイルがよくて美人が多い。母親のスタイルのよさを、まったく受け継がなかった私は、体形の変化があっても、失うものが何もなかった。もちろん二十代から中年、そして高年になると、現実を目の当たりにして、

「あらー」

とびっくりはしたが、まあ自然の成り行きだから仕方がないで済ませてきた。努力もしなかった。その結果、二十歳の頃と比べて、体重は一〜二キロしか増えていないのに、遮光器土偶に至った。重力のすごさを痛感するしかないのだが、何もしなかった自分に後悔はしていない。

周囲の女性たちを思い出してみると、もともとスタイルがよい美人は、三十代後半から体形の崩れにぎょっとして、様々な努力をしていたようだ。高価な補正下着を着用し

ている人もいたし、はやりはじめたエステティックサロンに通う人も出てきた。自然現象に抗《あらが》おうとする努力である。私は二回、話のタネにと行ったことはあったが、それだけでやめてしまった。その頃から、特に大きいわけでもないのに乳が垂れ、腹が出はじめたが、特に何もしなかった。当時は服のサイズも豊富ではなく、フリーサイズのデザインも少なかった。腹が出ているために、スカートのサイドポケットの口がちょっと開くのも、こういうものだと思っていた。補正用のハードなものではなくても、胸を上げたり、下腹や太腿《ふともも》を締めたりする効果を謳っている下着を着けている人たちも多くいたが、私はとてもそれを身に着けて生活することはできなかった。

　ガードルも一度、穿いたことがあったが、あまりの圧迫感に、会社で仕事をしていても、すぐに家に帰って脱ぎたいと、そればかりを考えていた。そして家に帰ったとたん、

「こんなきっついものを穿いて、暮らせるかっ」

と頭にきてすぐに脱ぎ、捨ててしまった。しかし体のラインを整えるために、これを日常的に穿ける人がいるとわかって、その根性と努力に感心した。それは身長を高くみせるハイヒールでも同じだった。背が低い私には、いちばん必要なアイテムだったかもしれないが、どうもなじめなかった。けれど、口には出さないけれど、私とは違ってこっそり容姿や美に努力している人は大勢いるのだ。

若い人だけではなく、体形が崩れてきた私と同年配の女性たちも、努力している。姿勢が悪くなってきたからと、姿勢矯正用の肌着を着けている人がいた。『巨人の星』の星飛雄馬《ほしひゅうま》が装着していた、大リーグボール養成ギプスのバネほどではないが、両腕の付け根の前側から背中にかけて縫い付けられた幅広のゴムが背中で×状になっていて、後ろから引っ張って前屈みにならないしくみになっているという。彼女は太ってもいないし、いつも姿勢がよくすっきりとしている。その陰にそんな肌着が存在しているとは想像もしていなかった。彼女からカミングアウトされるまで、全然、気がつかなかった。

また外からではまったくわからなかったが、お腹《なか》が出たと嘆いていた運動嫌いの人は、お腹の肉をぶるぶると振動させる器具を購入して、ソファでテレビをぼーっと観ているときに着けているといっていた。

「効果はあったの？」

「うーん」

そのときは購入後三カ月ほどだったので、はっきりとした効果はまだわからなかったらしいが、八年過ぎても何も報告がないところをみると、彼女には効果がなかったようだ。

最近では若い女性たちは、乳が垂れるのを怖れて、ナイトブラというものを着けて寝ているらしい。私が若い頃も、将来、胸のラインが崩れるのを防ぐため、日中と同じものを着けて寝たほうがいいという話をちらっと聞いたことはあった。私も含め、そのときの周囲の女性たちの感想は、

「ブラジャーがはずせて、やっと楽になれるのに、寝ているときにまで着けるのはいやだ」

が大多数だった。今は昔と違って、下着に使われる素材もよくなっているのだろうから、寝ていても着け心地はいいのかもしれない。しかし最近、たまたまインターネットで見かけたコメントでは、

「ナイトブラを着けて寝るようになってから、悪夢を見るという人が多いらしい。自分も戦場にいる夢を見た」

とあって、いくら楽になったといっても、下着を身に着けていないのに比べて、胸部や背中の部分に圧迫感があるのは間違いないので、それが悪夢に影響しているのかもしれない。

何にしても人知れず努力を続けるというのは、よいことだ。私はそれができないだけである。遮光器土偶の先はどうなるのかと考えると、背丈は縮むだろうが、基本的な体

形は変わりようがない。それならば、母親のスタイルのよさは受け継がなかったけれど、私は古代からのＤＮＡを継承して、堂々と生きていこうと思ったのだった。

冬の手荒れとタイツに浮かぶ謎の筋

スマホのホームボタンを押しても起動せず、パスコードを入力して開けるようになると、

「ああ、指先が荒れてきたんだな」

と認識する。

冬の手荒れには、中年以降、毎年悩まされていた。もともと手指が乾燥しやすかったところに、ここ何年かの新型コロナウイルスの感染拡大で、頻繁にアルコール消毒を求められるようになった。外出から帰ると、家でも手洗い用に、アルコール入りの液体石けんを使っているために、手荒れがひどくなっていった。

二十代、三十代の頃は、とても寒い日は手袋をしていたけれど、ハンドクリームを塗った記憶がない。当時のハンドクリームは、塗ると手がべたべたになるものがほとんどで、気軽にこまめに塗りたくなるようなものではなかった。クリームを塗った手で本を扱うと、油分のついた指跡がページにしみついてしまうし、編み物をしようとしても、針や毛糸に付着するので、習慣にはならなかった。しかしこんな面倒くさがりなのは私くらいで、多くの女性たちは手を洗ったりして水を触る機会があると、こまめにハンドクリームをすり込んで手入れをしていた。それを目撃するたびに、

「みんな偉いなあ」

と感心していた。でも私はやらなかった。そしてその結果、私の手は荒れ放題になっ

たのである。

その後、ハンドクリームの質も向上してきて、塗ってもべたつきが少ないものが売られるようになった。そこでドラッグストアに行って、たくさんの種類のなかから、よさそうなもの、人がいいといっているものを買ってくるのだけれど、「当たり」を見つけるのは難しかった。

他人が使っていいといっていても、使ってみたらあまり効果がないものも多かった。顔と違って手の皮膚にはそれほど個人差はなさそうに思っていたが、体を覆っている皮膚は一枚なので、顔と同じように手の皮膚も人それぞれらしい。そんななかでとても使い心地がよく、私の手に効果があるハンドクリームがあったのだけれど、それを塗っていると、まだ若かった飼いネコがとてもいやがったのが、大きな問題だった。

家で生き物を飼っていると、魚類は別にして、特に毛の生えているものは、やたらと手で触ってしまう。私がそのクリームを塗って、ネコの体を触ろうとすると、一瞬、

「んっ!」

という表情になって、ちょっと退き、今度はゆっくりと手の匂いを嗅ぐ。そしてまさに、

「わっ、いやっ」

と顔をしかめた後、私の顔を見ながら、

「いやーっ！」

と力一杯鳴くのだ。

この「いやーっ！」なのだが、あるとき、動物を飼った経験がない人に、

「この鳴き方は創作ですよね」

といわれた。飼った人ならわかると思うけれど、イヌやネコは、「ワン」や「ニャー」しかいわないわけではなく、微妙な声で鳴いたり、もごもごと話したりということはいくらでもある。そのときも本当にいやそうに、その発音で、

「いやーっ！」

と鳴いたのだった。

「あらー、これきらい？　困ったわねえ」

とつぶやいても、相手は、ふんと踵《きびす》を返して行ってしまった。

寝る前ならいいかと手に塗っていたら、ネコが私の手を舐めようと近寄ってきて、指に顔を近づけたとたん、

「うわっ」

と顔をしかめて、急ぎ足で自分のベッドに戻っていってしまったこともあった。ネコ

が舐めてくれるはずだったのにいやがられて、とても悲しかった。手の荒れとネコとの間でしばし悩んだけれど、もちろんネコを選んだ。

私の手に効果があったハンドクリームには、手荒れにとても効く特殊なケミカルな成分が入っていたのだろう。うちのネコは、食事も含めて、オーガニック志向《しこう》だった。彼女が気に入って、手を舐めてくれるハンドクリームは、あまり効果がみられず、私の手はずっと荒れたままだった。そのうえざらざらしているネコの舌で、荒れた手を舐められるのは辛かったが、それでもうれしさのほうが勝っていたので、じっと耐えていた。


そして歳を重ねるうちに、私も脂っ気がなくなってきたのと、近年のアルコール消毒地獄で、手は悲惨な状態になっていた。ちょっと角度を変えて手の甲を眺めると、表面が荒れて毛羽立っている。

「ここはもしかして踵か？」

といいたくなった。ネコを見送ってからは、好きなハンドクリームをつけられるようにはなったが、もとが荒れ放題なので、手に塗るとしみて痛い。浸透するうちに手の甲が真っ赤になり、両手をおばけのように曲げ、痛さを紛らわそうと振りながら、

「痛たたた」

としばらく痛みが落ち着くまで、じっとしていなければならなかった。なのにやはり効果はいまひとつなのだった。

何とかしなければと、ドラッグストアに行って、ハンドクリームの棚の前に立って眺めていたが、まず根本的にひどい荒れを治したほうがいいのではないかと、ハンドクリームではなくメンソレータムを買ってきた。寝る前に両手にべったりと塗ると、いつもよりもっと手の甲が真っ赤になってきて、成分がしみ入る痛みに耐えるしかなかった。しばらくすると治まってきたので、シルクの薄手手袋をして寝た。

手袋もネコがきらったもののうちのひとつで、これをしたまま体を撫でようとすると、身をよじってよけていた。どういう状況であっても、かわいがろうとして、飼いネコに逃げられるほど辛いことはなく、シルク手袋も避けなくてはならなかった。これでは当時、手荒れが治る要素など皆無だったといえるだろう。

今は自分がやりたいようにできるようになり、メンソレータムを塗り、手袋をして寝て、皮膚に浸透するのを待つと、翌朝、しっとりした感じになった。日中をふだんどおりに、水仕事などをして過ごすと、前よりはましだが、夜になってまだ少し荒れている。そこでもう一押ししたほうがいいと、またメンソレータムを昨夜よりも少なめに塗った。皮膚の状態が改善されたらしく、もうしみることはなかった。

チューブ入りのクリーム類を入れている袋を探っていたら、中から三分の一だけ残っている、ロクシタンのハンドクリームを発掘した。これも買ったはいいが、香りが強すぎてネコにきらわれたもののうちのひとつだった。もったいないのでメンソレータムを塗った上に塗り、手袋をして寝た。

翌朝、手袋を取ってみたら、近年見たことがないくらい、手がすべすべになっていた。

「うわあ、すごい」

と感激し、やはりおばちゃんの肌荒れには、単品だけではなく、二段重ねでいかないと、効果はないとよくわかった。といっても、水仕事をするたびに、こまめにハンドクリームを塗ってケアしてきた人は、こんな思いはしないだろう。だいたい、ハンドクリームを塗って、両手がじんじんと赤くなってしみるまで手荒れを放っておいた私が悪いのである。

私はこまめにやるということができない質《たち》なのだ。ここはちゃんとしなければと思うところは、きちんとするけれど、自分のなかの優先順位が低い事柄に関しては、先延ばしにする。たとえば同年配で、ヘアメイクや美容の優先順位が上位にある人は、自分の体の手入れを怠らないはずだ。しかし私はどうしてもそのジャンルに関しては、面倒くさくて仕方がない。そして、あまりにひどいと自分で呆れ果ててからやっと手を施すので、いつも遅きに失しているのだ。

水回りの掃除をしたり、庭仕事をしたりするときは、ゴム手袋を着けるが、できれば着けたくない。それすら面倒くさい。素手で何でも思いっきりやりたいので、私の手はダメージを受ける。それなのに復活してくれて、手をかければちゃんと戻るのだなあと、我が手に申し訳ない気持ちになった。それからは気をつけて、ドラッグストアで購入した、「プロ用」と表示のあるハンドクリームをこまめに塗るようにしている。

ところが問題は、手だけではなく足にも及んでいた。私は冬場にスカートを穿くときは、必ず濃い色のタイツを穿くのだが、歩いてしばらくすると、タイツの踵と靴が接触している部分の上に、白い筋のようなものが浮き出てきていた。その部分をつまんで伸ばしてぱっと離すと、白い粉状のものが飛び散って、白い筋は薄くなる。手でこすると、完全には消えないが、やや薄くなる。これはいったい何なのだろうと不思議に思っていた。タイツと靴がこすれて、そうなるのはわかったが、毎日、風呂には入っているし、その白い筋の正体はわからなかった。他の人はどうなのかと、冬場に外に出たときに、タイツを穿いているスカート姿の女性の踵のあたりを凝視していたが、誰もそんな人はいない。どうして私だけそうなるんだろうと思いながら、それはすすぎ残しの石けんの成分なのではとも考えた。

これは原因を確かめなくてはと、インターネットで検索してみた。昔はその答えは出てこなかったのに、再び検索したところ、その白い筋の正体は、剝がれた皮膚のようだった。足が乾燥しているところにタイツを穿き、それが靴でこすれて白い筋が浮き出てきたらしい。私以外に見かけなかったのは、多くの女性が足が乾燥しないように、ちゃんとお手入れをしている証拠だったのだ。

白くなるのは、粉状の洗濯石けんのせいだから、液体石けんに替えようなどと勝手に考えていたが、問題があったのは自分だった。それからタイツを穿くときに、足にクリームを塗るようにしたら、白い筋は一切、浮き出てこなくなった。乾燥と摩擦で剝がれた皮膚が、タイツに白く浮き出てくるなんて、何て情けないことかと、さすがに呆れてしまった。私には呆れることがとても多いのである。しかし理由がわかって対処するようになってからは、見苦しいことにはならなくなった。

風呂上がりにボディクリームを塗っていた時期もあったのに、いつの間にか面倒くさくなり、使いきったところでやめてしまった。若い頃と違って、何もしなくても体内からつるつる成分が出るわけではない。もう何かしら、しすぎるくらいにしなければ、がっさがさのままになるのが、とてもよくわかった。こまめな手入れが必要なのは再認識したが、私の性格上、極力努力はするけれど、これが習慣化するかどうかは謎なのである。

減量作戦とふたたびのセルフレジ

実は新年（二〇二三年）を迎える前に、体重が二・五キロも増えてしまい、年明け後もずっとそのままだったので、これはいかんと頭を抱えた。御飯がおいしくて、ちょっと多めかなと思いつつも食べていたのが、やはりいけなかったらしい。体脂肪率がプラス標準、内臓脂肪率が標準にそれぞれ増えてしまい、体重はともかく、体脂肪率、内臓脂肪率は元にもどしたい。多めに食べるのはやめにしたが、必要な食べ物は極端に減らしたくないので、運動するしかない。しかしジムなどには通う気はなく、生活のなかで、倍の歩数を歩くことに決めて、それを実行している。

ふだん買い物に行って帰ってくるまでの時間は、三十分くらいで、とりあえず家から出たら帰るまで一時間、そこいらへんを歩き回ることにした。そうなるといつもよりも足を延ばさなくてはならず、一駅、二駅は歩くことになる。まあそれも散歩がてら楽しもうと思い、買い物のついでに、はじめての場所をどんどん歩いていった。

時計を見ながら小一時間歩き、最寄り駅に戻ってきたときに、もうちょっと歩数を稼ごうとあたりを見まわすと、そのビルの中にあるのは知っていたが、入ったことがない百均の看板が目に留まった。ちょうど切らしていた文房具もあり、ここで必要なものを購入して帰れば都合がいいと、迷わずその店に入った。

本を発送するためのクッション封筒、ガムテープ、領収書を貼付して税理士さんに渡すルーズリーフなどをカゴに入れ、レジの場所を案内する表示を見ながら歩いていったら、そこはセルフレジしかない店だったのである。

（ぎゃっ）

思わず一歩下がって立ち止まった。前の章で書いたように、レジに店員さんがいて、支払いのみを自分で済ますセミセルフレジは経験したが、セルフレジでは精算したことがない。

（くくーっ、まさかこんなところでセルフレジに出くわすとは）

まったく心の準備ができていなかった。はじめて行く店だったので、情報もなかったし、他の場所にある店舗には行ったことはあるが、どこも店員さんが会計してくれていた。大手のスーパーマーケットや、大規模な店舗だったら、警戒したかもしれないが、同じ百均の系列店はみんな同じ精算方法だろうと思い込んでいたのが間違いだったのだ。

（どうしてくれよう）

周囲を見まわしながら、何かあったときに助けを求められる店員さんはいるかと探したが、品出しをしている人が遠くに二人いただけで、セルフレジの周辺には誰もいない。しかし前期高齢者は世の中についていかなくてはならないのである。

話は変わるが、還暦を迎えた私のある友だちは個人事業主で一人で仕事をしている。スマホは使いこなしているが、パソコンがとても苦手であるらしい。私がパソコンで原稿を書いていると話すと、

「どうしてそんなことができるの？　すごいわね」

というので、

「えーっ、そんな難しいことはないわよ。私も全然、詳しくないし、必要な部分の事柄しか知らないけど」

と返事をすると、彼女は、

「どうしてパソコンを立ち上げるのに、いちいちパスワードが必要なのかしらね」

と顔をしかめた。

「スマホだって、パスコードを入れなくちゃ、使えない場合だってあるじゃない」

「だって、スマホは簡単だもの。パソコンは前に座って、電源を入れて……って、本当に面倒くさいのよね」

そのとおり、彼女の仕事机の上には、立派なデスクトップのパソコンが置いてあるのだが、それに電源が入っているのを見たことはなかった。

そして最近、彼女がそのパソコン使用をめぐって、仕事相手と揉めるようになったと

嘆いていた。

「相手が、もうファクスは受け取らない。エクセルを使えっていうんだけど、エクセルって何？」

と聞かれたので、

「表計算をするソフトじゃないの」

といったら、

「すごいわねえ、どうしてそんなこと知ってるの？」

と驚かれた。もちろん私は、

「名前は知ってるけど、どう使うかは知らない」

と返事をしておいた。


私も単発の仕事をした出版社から、手書きではなくエクセルで請求書を送れといわれて、わけがわからず、窓口になってくれた編集担当者に泣きついたのだ。彼女が親切にテンプレートを作ってくれたので、それを使って何とかなった。このテンプレートは後生大事にしなくてはと思っている。出版契約書も最近はパソコン上で処理するところも出てきたので、体《てい》を成しているかどうか、無事に送れたかどうか、編集者から受領のメールが来るまで心配でならないのだ。

その友だちは、パソコンが苦手なために、これまで必要な書類は、手書きにしてそれをファクスで送っていたという。しかし仕事先から、

「もうファクスは使うな。エクセルを使って添付ファイルで送れ」

と最後通牒《つうちょう》をつきつけられてしまった。仕事相手も、ファクスが届くたびに、舌打ちをしていたのに違いない。

それを受け取った友だちが、

「どうやったらいいのかわからない」

と相手に訴えたところ、

「あなた、現役で仕事をしているんでしょ。だったらそれくらい覚えなさいよっ」

と怒鳴られたのだそうだ。それを聞いた私は、

「そりゃあ、そうだわねえ」

とうなずいたのである。

今は企業の事務系の業務で、エクセルを使うことは必須なのに違いない。追い詰められた友だちはパソコンに詳しい若い知人に来てもらい、半泣きになりながら、基本的なエクセルの使い方を習ったそうだ。それでも使いこなすまではいかず、困ったときには、

その人に頼っているといっていた。パソコン、そしてスマホが世の中に登場して、それに順応していかないと、仕事が滞るようになってきたので、年齢が上の人間も、その使い方を覚えなくてはならなくなったのだ。

そして私のセルフレジ問題である。思わず足を止めて、会計の様子をうかがうと、二台並んだセルフレジでは、私よりもやや年下と思われる女性と、若い男性が精算していた。店には他に客がおらず、もたついていても後ろに人が並んであたふたすることはなさそう、というのが、何より幸いだった。私は男性の後ろに並び、

(セルフレジなんて慣れてます)

と落ち着いた風を装いながら、斜め前で精算している女性の手元を凝視していた。

(そうか、あそこの部分にバーコードを読みとらせて、精算ボタンを押せばいいのか)

などと思っていたら、私の番になった。

意外に機械はシンプルで、わかりやすく表示がしてあった。商品のバーコードを赤いライトが点灯している部分に読みとらせて、「現金」の表示の支払いボタンを押し、小銭を硬貨入れに落としたら、レシートが出てきて完了した。百均なので支払う金額がすぐに計算できるのも助かった。あまりに簡単であっけないくらいだった。

しかしこれで、セルフレジが使いこなせるかといったら、まだ自信がない。きっと機械には様々なタイプがあるだろうし、もっと複雑なのもあるかもしれない。考えてみれば、レジでの精算は、バーコードを読みとらせて、カードか現金か、スマホ決済をする人はその手続きボタンを押し、支払いを済ませばいいだけの話なのだが、やはり緊張する。

いつも行くスーパーマーケットでは、セミセルフレジなので、これには慣れているけれど、先日、カードを入れても機械が受け付けをせず、そのままフリーズしたのであせっていると、店員さんが、すぐにやってきて、

「今日は、機械の調子が悪くて、申し訳ありません」

といって、調整してくれて支払いができた。とにかくこういったものに慣れていないので、何かトラブルが起こると、全部、自分のせいだとあせるのである。しかしいちおうセルフレジは経験したので、次は敬遠していた駅前の書店のセルフレジで試してみようと思っている。

セルフレジの使い方を覚えたのに加え、運動のための倍時間の散歩の結果、体重は一・五キロは減ったものの、まだ一キロの余剰分が体にくっついている。私はダウンコートが嫌いだったので、ずっとウール、カシミヤなどのコートを着ていたのだが、こ

の冬、その重さがだんだん辛く感じられるようになってきた。もしかしたらその中に、自分の増えた肉の分もあったのかもしれない。そんな話をしたら、ダウンコートを着ていた友だちが、

「試しに着てみる？」

と自分のコートを羽織らせてくれた。そしてそれが何て軽くて暖かいのかと感激してしまったのである。

オーバーコートに関しては、買い直すのはもったいないし、まだ我慢できる重さなので、試しに着丈がお尻の下くらいまでの、アウトドアメーカーの中綿入りのジャケットを買ってみたら、まあこれが着心地がいい。冬場の庭仕事にはうってつけである。こんなに便利だから、みんな着るんだよなあと思いつつ、ダウンコートを買う決断はできなかった。

インターネットで、ファッションメーカーのダウンコートには、いったいどんなデザインのものがあるのだろうかと見ていたら、「ダウンコートで着ぶくれして見えない方法」という特集があった。それを見ながら、

「着ぶくれして見えない方法っていったって、着ている人間が太っているんだから、そりゃあ、着たら着ぶくれするのは当たり前では」

と画面に向かって思わずいってしまった。

今は何とか耐えられる状況だが、次の冬はオーバーコートの重さに耐えられなくなるかもしれない。それに自分の肉の重さが含まれているのも何が何でも避けたい。ダウンのコートも私にとっては新しい挑戦である。妙にウエストが絞ってある女性っぽいデザインではなく、かといってベンチコートのようなタイプではないラインで、私のちんちくりん体型に合うものが、この世の中にあるのだろうかと、期待しつつ少し不安になっているのである。

銀行のお声がけ係と顔の認識

自分では目前に古稀が迫っているのをわかっているが、他人からも見た目で同じように感じ取られているとわかると、少なからずショックである。それを考えると、実はこの年齢になったことを、本当は受け入れていないのではと、自分を疑っている。

週に一度、決まった場所に行く用事があり、通帳の記帳、引き出しなどに、そこの最寄り駅近くのＡＴＭを利用することが多い。私が住んでいる場所の駅前にもあるにはあるのだが、とても狭くて雑然としているため、フロアが広くてＡＴＭの数も多い外出先のほうを使ってしまうのだ。

何年か前だが、その出先のＡＴＭにファイルを手にしたスーツ姿の男性が、時折立っているのを目にしていた。最初に見たときはぎょっとして、ＡＴＭを利用しないで、ただ立っているなんて、何か悪いことをしようとしているのだろうかと疑ったが、そうではなさそうだった。ちなみにうちの近所のＡＴＭではそのような人には遭遇していない。あまりに狭いので、彼らがいるスペースがないからだろう。ある日、彼がＡＴＭを利用しようとする高齢男性に声をかけ、ＡＴＭに来た理由を聞いているのを見かけた。特殊詐欺を未然に防ごうと、高齢者に声をかける役目の人だったらしい。私は声をかけられたことはなかった。ご苦労様と思いつつ、彼らに対して、ちょっとでも疑ってしまったことを心の中で詫《わ》びたのだった。

そしてそのＡＴＭの隅に、いつもいるわけではないが、二〇二三年の頭くらいから女性が立つようになった。年齢は五十代前半といったところだろうか。男性と同じように、ファイルを抱えている。女性に代わったのかと思っていたら、彼女はつつつと私に歩み寄ってきて、

「私、〇〇警察署の者でございます」

と首からぶら下げているＩＤカードを見せた。いったい何の用事かと思ったら、

「この辺りに特殊詐欺の電話がかかってきています。そんな電話はかかってきていませんか」

と聞いてくるではないか。

「こちらは出先なので、近所に住んでいないのです」

「ああ、そうですか。お宅のほうに不審な電話はかかってきていませんか。不用意に電話を取ると……」

「ずっと留守番電話にしているので、出たことはありません」

「今日はそういった電話による、お振り込みではありませんよね」

「記帳です」

「そうですか。きちんと対処なさっているようですので、そのままお続けください」

彼女はそういって部屋の隅に戻った。どうやら私は特殊詐欺に遭いそうな高齢者だと判断されたらしいのである。

口には出さなかったが、

(何で、私が)

とむかついたのは事実である。男性には声をかけられなかったのに、どうして女性に代わったとたんに声をかけられるのか。そして前後に並んでいる人々をそっと見てみると、たしかにそのなかでは私がいちばん年長のようだった。それでも、

(なぜ私?)

と思ったのである。年長なのは間違いないが、

(私よりも、三人後ろに並んでいる、ぼーっとした若いお姉ちゃんのほうが、ずっと詐欺にひっかかりやすい気がする)

と、あっちに先に行けばいいのになどとむくれたのだった。

五十代でも特殊詐欺にひっかかってしまう人はいるので、ある程度の年齢枠に入る人には声をかけているのかもしれない。私と同年配の女性が来たら、同じように声をかけるのだろうかと見ていたが、残念ながら入ってくるのは二十代、三十代くらいの人ばかりで、私と同年配の女性は姿を見せなかった。

ところがそれ以降、タイミングが悪く、ＡＴＭに行くたびに、その女性のお声がけ係が立っている。そして必ず、私に近寄ってきて、

「特殊詐欺の電話がかかってきて、こちらに誘導されているのではありませんか」

と聞くのである。あまりにたびたび同じことを聞かれるので、

「前にもいわれました！」

といってやりたいのだが、私も相手の顔をはっきり覚えていない。背丈やヘアスタイルからして、いつも同じ人のような気もするのだが、もしも違う人にそんなことをいったら失礼なので、もごもごと口ごもりながら、同じ話をするしかなかった。男性には声をかけられなかったのに、どうして女性には声をかけられるのか。「この人は前期高齢者！」と、女性警察関係者の鋭い勘が働いているのかもしれないが、人前で声かけをされるほうは恥ずかしいし、私個人としてはとても迷惑なのだ。

三週間前にも声をかけられた。お声がけ係が同一人物なのかそうでないのか、まだよくわからない。この「同一人物かどうかわからない」という事実だけで、彼女の声かけリストの年齢枠に入るのかもしれないが。しかし彼女が同一人物であるならば、私よりも若いのだから、少しは声をかけた人間を覚えておいてくれてもいいじゃないかといい

たくなった。私は十回以上、声をかけられ、そのたびに同じことを聞かれ、同じ返答を繰り返していたのだが、面倒くさくなり、二週間前に声をかけられたとき、彼女が、

「私、〇〇警察署……」

といったとたんに、

「あー、通常の引き出しです」

といった。するとそれで引き下がるのかと思ったら、

「この辺りに特殊詐欺の電話がかかってきています……」

とまるで録音されたフレーズを再生しているかのように、同じ言葉を続けるのだった。

そして先週もそのATMに立ち寄ったら、やっぱりお声がけ係は一直線にやってくる。今度は、彼女が口を開く前に、

「通常の引き出しですっ」

といってみた。すると多少、認識してくれたのか、小声で、

「あ、通常の引き出しですね」

といって戻りかけたが、

「この辺りに特殊詐欺の電話がかかっているので、お気をつけください」

とつけ加えるのを忘れなかった。職務に忠実なのは立派だけれど、あまりにしつこい。

私も彼女の顔をはっきり認識していないので、他人《ひと》のことはいえないのだが、長期に亘り、何度も同じ人間に同じことをいうのはやめてほしい。これからは外から中をのぞいて、お声がけ係がいたら、家の近所のATMを使うことにしようと決めたのだった。

他人から見ると、しっかり実年齢どおりに見えるのに、本人のほうは、まだまだ若く見えると勘違いしている人がいるが、私もそのなかに入ってしまったのかと反省した。他人から見たら、十分高齢者であり、特殊詐欺にひっかかりそうな、あぶないおばちゃん、おばあちゃんなのかもしれない。まあ、そう見えるのならそれでもいい。現実にそういった詐欺に遭遇せず、また遭遇しても適切に対処できればいい。とはいえお声がけ係の顔をいつまでも認識できないので、私も弱腰になってしまうのだ。

顔を認識できないといえば、以前は集団でいる女性のアイドルたちの顔が、まったく判別できなかったのだが、最近は男性のアイドルの顔も判別できない。「流星」という名前の人気の若い芸能人が三人いるが、一人一人が出てくると、

「ああ、この人が流星という名前の人ね」

とわかるのだが、名前だけを聞いても、どの流星だかわからない。今でもよくわからない。

ずいぶん前になるが、水野美紀、水野真紀、坂井真紀、酒井美紀という名前を見ては、

誰が誰やらと頭がぐるぐるしていたが、これは顔と名前が一致して、問題なく判別できるようになった。このときから二十年以上経過しているため、私の脳の老化も著しくなり、とにかくきれいな顔立ちの男性アイドルの区別ができない。それがすべてわかったとしても、私の人生には何の問題もないのだけれど、ほとんどが同じ顔に見えるというのはあぶないだろう。

一方、どうでもいいことだけは頭のなかにインプットされてしまう。先日も習い事のために外出し、少し早めに到着したので、駅の周辺を散歩がてら歩いていると、駅の裏手の路地に飲み屋街があり、その角に小さな風俗店があった。こんなところにもあるんだと思っていたら、スマホを見ながら私の横をゆっくりと追い越していった若い男性が、すっとそこに入った。私はびっくりして思わず、

「ひゃっ」

と小声でいってしまったのだが、昼の十二時半に利用する人もいるんだとわかった。そしてその店の名前と、入っていった男性の顔、服装などは鮮明に覚えている。

次は午後二時だった。駅前で買い物を済ませて帰ろうと、人通りが多い道を歩いていった。そこの道路沿いにはラブホテルがあるのだが、老若男女がその前を通っている。

今日は人出が多いなと思いながら歩いていたら、向こう側から歩いてきたカップルが、大人数が歩いているというのに、堂々とドアを開けてホテルの中に入っていった。このときも私は、

「わわっ」

と小さな声を上げてしまった。他に気づいた人がいるのではと、周囲を見渡してみたが、他のカップルや子ども連れの親子などは気づかなかったようだった。驚いているふうの人は私以外、誰もいなかった。

もしかしたら周囲の彼らも目撃したけれど、ただ入りたい場所に入っただけだし、たいした問題とは思わなかったのかもしれない。真っ昼間から風俗店やホテル？　と私は驚いたけれど、店が開いているのなら、行く人はいるだろう。こういうことに関しても、若い人はこそこそしていないのだなあと、その大らかさに感心したりもした。がっくりきたのは、風俗店に入っていった男性と同じく、ホテルの店名、男女それぞれの顔、ヘアスタイル、服装をいまだにはっきりと覚えていることだ。彼らを一瞬しか見ていないのにだ。私は人の顔を覚えられるのか、それとも覚えられないのか。自分でも微妙にわからない年頃になってしまったのである。

初出
集英社ノンフィクション編集部公式サイト
「よみタイ」（2022年3月～2023年10月）

カバー／本文版画　岩渕俊彦
本文レイアウト／装丁　今井秀之
校正　鷗来堂
JASRAC 出 2402835-401

群ようこ（むれ・ようこ）

1954年東京都生まれ。日本大学藝術学部卒業。広告会社などを経て、78年「本の雑誌社」入社。84年にエッセイ『午前零時の玄米パン』で作家としてデビューし、同年に専業作家となる。小説に『無印結婚物語』などの〈無印〉シリーズ、『散歩するネコ れんげ荘物語』『今日はいい天気ですね。れんげ荘物語』などの〈れんげ荘〉シリーズ、『今日もお疲れさま パンとスープとネコ日和』などの〈パンとスープとネコ日和〉シリーズの他、『かもめ食堂』『また明日』、エッセイに『ゆるい生活』『欲と収納』『還暦着物日記』『この先には、何がある？』『じじばばのるつぼ』『きものが着たい』『たべる生活』『小福ときどき災難』『今日は、これをしました』『スマホになじんでおりません』『たりる生活』『老いとお金』『こんな感じで書いてます』『捨てたい人　捨てたくない人』『老いてお茶を習う』、評伝に『贅沢貧乏のマリア』『妖精と妖怪のあいだ　評伝・平林たい子』など著書多数。

六十路《むそじ》通過《つうか》道中《どうちゅう》

2024年5月29日　第1刷発行

著　者　群《むれ》ようこ
発行者　樋口尚也
発行所　株式会社集英社
〒101-8050 東京都千代田区一ツ橋2-5-10
電話　編集部 03-3230-6143
読者係 03-3230-6080
販売部 03-3230-6393（書店専用）
印刷所　大日本印刷株式会社
製本所　加藤製本株式会社

定価はカバーに表示してあります。

ISBN978-4-08-788103-5　C0095